Karl Brater

Die bayrischen Gewerbvereine in den Jahren 1848-1853

Anatiposi

Karl Brater

Die bayrischen Gewerbvereine in den Jahren 1848-1853

Unveränderter Nachdruck der Originalausgabe von 1854.

1. Auflage 2023 | ISBN: 978-3-38201-946-4

Anatiposi Verlag ist ein Imprint der Outlook Verlagsgesellschaft mbH.

Verlag: Outlook Verlag GmbH, Zeilweg 44, 60439 Frankfurt, Deutschland
Vertretungsberechtigt: E. Roepke, Zeilweg 44, 60439 Frankfurt, Deutschland
Druck: Books on Demand GmbH, In de Tarpen 42, 22848 Norderstedt, Deutschland

Die

bayrischen Gewerbvereine

in den Jahren

1848 — 1853.

Statistische Uebersicht,

herausgegeben

von

dem Ausschuß des Vereines zu Nördlingen.

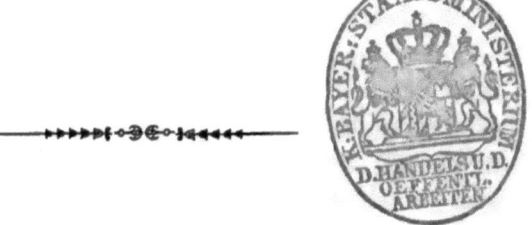

Nördlingen.

Druck und Verlag der C. H. Beck'schen Buchhandlung.

1854.

Vorwort des Verfassers.

Vor wenigen Jahren hat man in den Schriften der Publicisten, in den Unterhaltungen der guten Gesellschaft, in den Versammlungen der gesetzgebenden Körper begonnen, von einer „socialen Frage" zu sprechen. Wenn nach so kur= zem Zeitverlauf das Wort fast schon wie ein Gemeinplatz klingt und an tausend abentheuerliche, im servilen Dienste des Zeit= geistes ausgesponnene Charlatanerien erinnert, so wird um dieser widrigen Erscheinung willen Niemand verkennen, daß die Frage dem tiefsten Bedürfniß entsprungen ist. Hat man aber ihre Lösung zu erwarten von dem Zauber eines großen Gedankens, der, einmal in's Leben getreten, nach allen Richtungen schöpferisch wirkt? Oder im Gegentheil von der gemeinsamen Wirkung hundert kleiner, für die vereinzelte Betrachtung unscheinbarer Maßregeln?

Jener ersten Vorstellung widerstrebt der nüchterne Ver= stand, der zweiten ein natürliches Gefühl; doch ist die Vermitt= lung in dem scheinbaren Dilemma leicht gefunden. Sie beruht auf der Vorstellung einer Mannigfaltigkeit socialer und poli= tischer Maßregeln, aus ein und derselben gemeinschaftlichen Wurzel hervorgegangen. Dieses gemeinsame Element wird nicht der geniale Gedanke eines Einzelnen, das Erzeugniß eines wissenschaftlichen Systemes, es wird vielmehr eine Umgestaltung

*

in dem Bewußtsein der bürgerlichen Gesellschaft sein. Daß die Gesellschaft beherrschende Prinzip der groben Selbstsucht muß dem werkthätigen Anerkenntniß einer schlichten und oft ausgesprochenen, aber im Leben verleugneten Wahrheit weichen. Es muß an seine Stelle — unter dem Einfluß der socialen Bedrängniß — das Bewußtsein treten, daß die individuelle Wohlfahrt von der Wohlfahrt des Ganzen unzertrennlich ist, daß der Nachbar von Bettlern über kurz oder lang unfehlbar selbst zum Bettler wird, daß Derjenige auf die Dauer für sich und die Seinigen am besten sorgt, der nicht abläßt, nach dem Maß seiner Kräfte zugleich für das Ganze zu sorgen. Die Selbstsucht wird von der menschlichen Natur immer unzertrennlich sein, aber sie kann sich zu einem Gemeingeist veredeln, der durch Förderung der allgemeineren Interessen zugleich die eigenen, persönlichen gesichert weiß.

Ohne den Gemeingeist, das unerläßliche Fundament aller socialen Reform, sind die Entwürfe der Theorie nicht etwa fragmentarische Beiträge zur Lösung, bald mehr, bald weniger werthvoll, — sie sind vielmehr ein spurlos vorüberstreifendes Schattenspiel. Wo im Gegentheil dieser Gemeingeist Wurzel geschlagen hat, und wo er durch einen vom Mittelpunkt der Gesellschaft ausgehenden geistigen und sittlichen Impuls Kraft und Richtung erhält, befruchtet er rasch die dargebotenen Ideen, oder schafft für seine Wirksamkeit neue Formen, wie die Mannigfaltigkeit der Verhältnisse sie fordert.

Jedes Merkmal seines Daseins und Wachsthums ist demnach für diejenigen, die an dem Gang seiner Entwicklung Antheil nehmen, von Wichtigkeit. Jedes neue Unternehmen, das seine Spuren trägt, verdient auch in den unscheinbarsten Anfängen beobachtet und aufgezeichnet zu werden, denn indem man das Gelingen oder Mißlingen, das schwächliche oder kräf-

tige Gedeihen solcher Unternehmungen verfolgt, hat man es
mit nichts Geringerem, als mit dem Geschick der socialen
Frage selbst zu thun. Nur wird ein Beobachter, der vor
trügerischen Resultaten gesichert sein will, auch die Einflüsse
der Mode, der Eitelkeit und Augendienerei bedächtig in Rechnung
bringen.

Die folgende Darstellung beleuchtet ein kleines Bruchstück
des ausgedehnten Gebietes, das man überblicken muß, um von
den Regungen jenes Geistes in unserem öffentlichen Leben ein
Gesammtbild zu erlangen.

Bei Betrachtung der großartigen Stiftungen, die un=
seren Städten als ein Denkmal des Gemeingeistes früherer
Zeiten geblieben sind, vergißt man leicht, daß in diesen Stif=
tungen ein Erzeugniß von Jahrhunderten vor uns steht; man
ist geneigt, die Summen zu unterschätzen, die auch heute noch
Jahr für Jahr zu gleichen Zwecken geopfert werden.*) Aller=
dings ist aber der Gemeingeist der jetzigen Zeit in einer andern
Gestalt, in der Form der Association vorzugsweise wirk=
sam. Der Trieb der Genossenschaftsbildung, der alle Rich=
tungen des modernen Lebens durchzieht und die geselligen und
politischen Vereine, die Wandervereine der Gelehrten, die pro=
testantischen und katholischen Kirchentage, die Actienvereine und
Arbeiterassociationen in's Leben ruft, — derselbe Trieb hat
auch im Dienste der Wohlthätigkeit und anderer gemeinnütziger
Zwecke die Gustav=Adolfs=, Vincentius= und Armenvereine,
die Auswanderungs= und Bauvereine, die landwirthschaftlichen,
die Gewerbvereine geschaffen.

---

*) In Bayern sind während der verflossenen 10 Jahre, von zahlreichen kleineren
Stiftungen abgesehen, drei vorgekommen, deren Gesammtbetrag einer halben
Million nahe steht.

Den Bestand, die Organisation und Wirksamkeit der bayrischen Gewerbvereine darzustellen ist die Aufgabe dieser Schrift. Sie will zunächst den Vereinen selbst ein Ge= sammtbild ihrer Thätigkeit bieten. Jeder derselben hat ein natürliches Interesse, die Einrichtungen der übrigen, ihre Be= strebungen und Erfolge kennen zu lernen, das Nachahmens= werthe sich anzueignen und das Unzweckmäßige zu vermeiden. Der Ausschuß des hiesigen Vereines glaubte, indem er seiner= seits dieses Bedürfniß empfand, es auch an anderen Orten voraussetzen zu dürfen. — Vielleicht kann aber, unter den oben angedeuteten Gesichtspunkten betrachtet, die vorliegende Arbeit zugleich ein allgemeineres Interesse in Anspruch nehmen.

Der Plan derselben ist, wie schon erwähnt, von dem Ausschusse des hiesigen Gewerbvereines entworfen, der seinen unterzeichneten Vorstand veranlaßt hat, die Ausführung zu übernehmen. Alle Vereine, von deren Existenz Kenntniß zu erlangen war, sind ersucht worden, die ihnen bezeichneten Auf= schlüsse zu liefern und sie haben dieser Bitte mit wenigen Aus= nahmen, wiewohl theilweise nur unvollständig, entsprochen. Indeß ist der wechselseitige Verkehr der Vereine bisher ein so mangelhafter gewesen, daß ungeachtet aller Bemühungen, eine vollzählige Liste herzustellen, in unseren Einladungen vielleicht gleichwohl der eine oder andere übergangen ist. Unbeantwortet blieb namentlich die an den „Verein zur Unterstützung kleinerer Gewerbe in der Pfalz" gerichtete Bitte, wodurch wir genöthigt wurden, die Vereinsstatistik dieses Kreises ganz zu übergehen.

Die angedeutete Unvollständigkeit in der Beantwor= tung unserer Fragen hätte sich durch Erneuerung und wieder= holte Erneuerung derselben vielleicht heben lassen. Der Ver= fasser mußte nach einigen mißlungenen Versuchen auf dieses Auskunftsmittel verzichten, hauptsächlich deshalb, weil dadurch

bei dem langsamen Eintreffen vieler Mittheilungen das Erscheinen
der Statistik zu sehr verzögert worden und manche Zahlen=
angabe ungebührlich veraltet wäre. Es werden aber überhaupt
statistische Zusammenstellungen dieser Art bei'm ersten Versuch
in der Regel mit manchen Unvollkommenheiten behaftet sein.
Auf der einen Seite läßt die Fragstellung wichtige Gesichts=
punkte, die sich erst später im Verlaufe der Arbeit aufdrängen,
außer Acht; auf der andern Seite wird die Beantwortung hie
und da als ein lästiges, keinem erheblichen Zweck dienendes
Geschäft behandelt. Der Unterzeichnete sieht in diesem ersten
Versuch nicht zugleich den letzten; es wird zweckmäßig sein, in
einiger Zeit, etwa nach Verlauf von 5 Jahren, ein zweites
Heft gleichen Inhaltes erscheinen zu lassen, das den Fortschritt
oder Rückschritt in den Leistungen der Vereine zur Anschauung
bringt. Dann wird auf der einen Seite die gewonnene Er=
fahrung, auf der anderen die durch einmalige Ausführung des
Planes erhöhte Theilnahme es möglich machen, eine voll=
kommnere Arbeit zu liefern. —

Die Anordnung des Stoffes konnte auch in der Art ge=
troffen werden, daß jedem einzelnen Verein ein gesonderter
Abschnitt gewidmet worden wäre. Dieß hätte indeß, ohne in
anderer Beziehung den Hauptzweck der Schrift zu fördern,
unvermeidlich zu zahllosen störenden Wiederholungen geführt.

Die Eintheilung des VI. Abschnittes ist nicht mit logischer
Consequenz gegliedert; in den ersten Unterabtheilungen treten
die Mittel, in den folgenden die Zwecke der Vereinsthätig=
keit in den Vordergrund. Dieser formelle Verstoß war deshalb
unumgänglich, weil nicht selten dasselbe Mittel den verschieden=
sten Zwecken zugleich dient. Die Leihkassen und die Associa=
tionen, bei welchen dieser Fall hauptsächlich eintritt, mußten,
um Zersplitterungen und Wiederholungen zu vermeiden, im

Zusammenhang dargestellt werden. Dagegen schien es bei den=
jenigen Mitteln der Vereinsthätigkeit, die ausschließlich oder
doch vorzugsweise einem Zweck dienen, der Natur der Sache
entsprechender, diesen Zweck an die Spitze zu stellen. Es
wird dem Leser nicht schwer fallen, sich nach dieser Bemerkung
zu orientiren und sich z. B., wenn er in der IV. Unterabthei=
lung von den Mitteln „zur Beförderung des Absatzes" liest,
zu erinnern, daß die in einer früheren Abtheilung dargestellten
Associationen gleichfalls als Mittel zu dem bezeichneten Zweck
in Anwendung kommen.

Au die statistische Mittheilung schließen sich zuweilen Be=
trachtungen über einzelne Zweige der Vereinsthätigkeit und
andere nahe liegende Fragen an. Diese Betrachtungen drücken
die persönliche Meinung des Verfassers aus, der hier nicht
als Beauftragter des Vereinsausschusses spricht. Ebenso kann,
wenn sich da oder dort in der Benützung des Materials ein
Versehen eingeschlichen hat, nur der erstere dafür verantwort=
lich gemacht werden.

Nördlingen ben 1. December 1853.

K. Frater.

bei ben:
ch ober
Sache
n. Es
erfung
abthei-
ließt,
ellten
Bweck

Be-
unb
icken
nicht
nun,
ein
ort=

Inhalt.

X

I. Entstehung der Vereine.

Unter den bayrischen Gewerbvereinen, von deren Dasein wir Kenntniß erlangt haben, reichen wenige über das Jahr 1840 hinaus: Der „polytechnische Verein" zu Würzburg wurde i. J. 1806, der Münchener „polytechnische Verein für Bayern" 1816, die „Gesellschaft zur Beförderung vaterländischer Industrie" in Nürnberg und die „Gesellschaft für vaterländischen Kunst= und Gewerbfleiß" in Ansbach 1817, der „technische Verein für Hebung der Gewerbe" in Freysing 1835 gestiftet. Auch die „vereinigte Zunft" in Mindelheim und ein Vorläufer des jetzigen Gewerbvereines in Wunsiedel gehören dieser älteren Periode an. Allmählig wächst der Trieb zur Vereinsbildung; es entstehen in den Jahren 1841—1847 die Gewerbvereine zu Kempten, Kaufbeuern, Aschaffenburg, Fürth, Bayreuth, Hof, Ingolstadt, die technischen Vereine zu Bamberg, Passau, Landshut und Nördlingen, der Verein zur Verbreitung gemeinnütziger Kenntnisse in Memmingen.

Im Jahr 1848 gieng von der Staatsregierung ein Impuls aus, der seine Wirkung um so weniger verfehlen konnte, da er mit der Bewilligung nicht unbedeutender Dotationen aus der Staatskasse verbunden war. Das in diesem Jahr aufgenommene Subscriptionsanlehen von 7,000,000 fl. war theilweise zur Unterstützung des Gewerbstandes, insbesondere auch zur Ausstattung der Vereine bestimmt; der damalige Finanzminister Frh. von Lerchenfeld erklärte bei Vorlage des Gesetzentwurfes: „Es sollen in allen größeren Städten, worin bedeutende Gewerbe sind, Gewerbvereine gebildet und aus diesen Fonds ausgestattet

1

werden zur Unterstützung der Gewerbe durch Vorlehen." An die Kreis=
regierungen ergieng der Auftrag, zur Constituirung solcher Vereine in
den gewerbsamen Städten zu ermuntern; zugleich wurde ein nach den
Satzungen des schon bestehenden Nürnberger Vereines ausgearbeiteter
Statutenentwurf hinausgegeben, um bei der Organisation als Anhalts=
punkt zu dienen. In einigen Städten hatten sich schon zu Anfang
des Jahres, ohne diese Anregung abzuwarten, neue Vereine gebildet;
mehrere wurden jetzt erst, Ende 1848 und Anfang 1849 durch Vermittlung
der Regierungsbehörden und Magistrate in's Leben gerufen, wobei der
officielle Satzungsentwurf als Grundlage benützt, hie und da unverän=
dert angenommen, an anderen Orten mehr oder weniger wesentlich modi=
ficirt wurde. Die älteren Vereine, deren Wirksamkeit zum Theil von
sehr geringer Bedeutung war, erfuhren eine Reorganisation oder giengen,
wenn sich neben ihnen ein neuer Verein gebildet hatte, in diesen über.
Nur in München erhielt sich der „polytechnische Verein", dessen Zwecke
nicht localer Natur sind, abgesondert von dem Gewerbverein und in
Ansbach mißlang die beabsichtigte Verschmelzung des „Industrie= und
Gewerbvereines", wie er sich gegenwärtig nennt, mit dem jüngeren „Ge=
werbverein." In Würzburg hat sich der im Jahr 1848 gegründete
„unterfränkische Gewerbverein" 1850 mit dem polytechnischen Verein zu
einem, wenn auch in gesonderten Abtheilungen verwalteten Ganzen ge=
einigt. In Augsburg und Kaufbeuern hielten sich „Gewerbunter=
stützungsvereine", dort mit der vorwiegenden, hier mit der ausschließenden
Tendenz gewerblicher Creditanstalten, selbstständig neben den Gewerbver=
einen, jedoch in enger Verbindung mit letzteren.

Den Vereinen, welche das Jahr 1848 vorgefunden oder in's Leben
gerufen hatte, wurde nun, mit wenigen Ausnahmen, in Obligationen
des Anlehens vom 12. Mai 1848 eine Dotation zu dem oben bezeich=
neten Zweck überwiesen, in einigen Fällen auch später noch erhöht. Zu=
folge der von der Staatsregierung dem jüngsten Landtage vorgelegten
Nachweisungen hatten Ende September 1849 diese Dotationen — nach
Abzug von 32,259 fl. an rückzahlbaren Vorschüssen, die in das Stamm=
vermögen der Vereine nicht übergegangen sind, — den Betrag von 257,367 fl.
erreicht. Die Gesammtsumme von 289,626 fl. vertheilte sich laut der
amtlichen Angaben auf die 7 Kreise diesseits des Rheines in folgender Art:

Mittelfranken 103,200 fl.
Oberfranken 53,259 fl.
Oberbayern 39,000 fl.
Schwaben 36,500 fl.
Unterfranken 30,000 fl.
Oberpfalz 18,067 fl.
Niederbayern 9,600 fl.

Für die Pfalz war, mit Rücksicht auf andere, diesem Kreis im Jahr 1848 zugewendete Unterstützungen, nur die Summe von 10,000 fl. bestimmt und bis zu dem bezeichneten Zeitpunkt, da die Bildung eines Vereines dort sich verzögerte, nicht zur Auszahlung gelangt. Später scheint der „Verein zur Unterstützung kleinerer Gewerbe in der Pfalz" die gedachte Summe übernommen zu haben.

II. Uebersicht der bestehenden Vereine und ihres Vermögens.

In dem folgenden Verzeichniß stellen wir die uns bekannten Vereine, mit einer Uebersicht ihrer Vermögensverhältnisse, zusammen. Können auch, wie schon im Vorwort angedeutet ist, diese Mittheilungen auf Vollständigkeit keinen Anspruch machen, so wird man doch bemerken, daß von den größeren Städten des diesseitigen Bayerns nur Dinkelsbühl, wo ein Verein nicht existirt, im Verzeichnisse fehlt. Schweinfurt, Straubing und Windsheim haben Vereine, über die uns jedoch, wie über die pfälzischen, keine Notizen zu Theil geworden sind. Die erst nach dem Jahr 1849 begründeten Vereine „zur Ausbildung der Gewerke" in München und „Bauhütte" in Nürnberg, deren besondere Tendenz weiter unten zu bezeichnen sein wird, gehören doch gleichfalls, wie auch der Münchner „polytechnische Verein", in eine Uebersicht der gesammten, auf Beförderung gewerblicher Interessen gerichteten Vereinsthätigkeit.

Die älteren Vereine waren mit wenigen Ausnahmen, bis sie im Jahr 184⁸/₉ zu einem Antheil an der Staatsdotation gelangten, ohne weitere Mittel als die jährlichen Beiträge ihrer Mitglieder, konnten daher ein Vermögen nicht abmassiren. Die unter der Rubrik „Vermögen i. J. 1849" vorgetragenen Ziffern geben den Betrag der Staatsdotation an, deren Ueberweisung an die Kassen, wie schon erwähnt, größtentheils i. J. 1849, hie und da jedoch ganz oder zum Theil erst später erfolgte. Die in Betreff der Staatsdotationen uns zugekommenen Notizen liefern, wenn man die neueren, seit Oct. 1849 bewilligten Zuschüsse in Abrechnung bringt, eine hinter den oben erwähnten offiziellen Angaben um 32,267 fl. zurückbleibende Totalsumme.

Wo ein Verein schon vor dem Normaljahr 184⁸/₉ Vermögen be-sessen hatte, ist der Betrag desselben als zweite Ziffer unter den Staats-beitrag eingestellt. Die Angaben unter der Rubrik „jetziges Vermögen" beziehen sich zum Theil auf den Schluß des Jahres 1852, zum Theil auf Rechnungsabschlüsse von etwas neuerem Datum. Ueber die Quellen der von 184⁸/₉ bis 185²/₃ nachgewiesenen Vermögenszuflüsse wird ein folgender Abschnitt Aufschluß geben. Zu dem in der Tabelle verzeich-neten Kapitalvermögen kommt noch der Werth an Büchern und Zeit-schriften, Modellsammlungen, Maschinen, Inventarstücken der Gewerb-hallen u. s. w., der bei einigen Vereinen, namentlich Aschaffenburg, Fürth, München, Nürnberg, Regensburg, Würzburg von 1000 bis auf 2000 und 3000 fl. zu steigen scheint. In den Vermö-gensstand wurden auch diejenigen Kapitalien nicht aufgenommen, die eini-gen Vereinen als verzinsliche oder unverzinsliche Darlehen zur Erwei-terung ihrer Operationen anvertraut sind.

Nachdem sich der Gewerbverein zu Augsburg vor Kurzem auf-gelöst hat, ist in der Tabelle nur noch der dortige Unterstützungsverein aufgeführt. Auch einige kleinere, mit Leihkassen nicht verbundene Vereine sind bald nach ihrer Gründung wieder verschwunden; einige andere be-stehen nur noch nominell, ohne weitere Mitglieder, als das in Ermang-lung eines Wahlkörpers zur Permanenz verurtheilte Ausschußpersonal, und ohne weitere Thätigkeit, als die Verwaltung der durch den Staat dotirten Leihkasse. Anderseits ist auch in der Bildung neuer Vereine, die sich ihren Wirkungskreis allerdings zumeist in den kleineren Land-städten hätten suchen müssen, ein Stillstand eingetreten. Abgesehen von den zwei oben erwähnten, eine specielle Richtung verfolgenden Münchner und Nürnberger Vereinen, fällt in die Zeit nach 1849 nur noch die Wiederbelebung des Gewerbvereines in Neuburg, mit dessen

Erneuerung man gegenwärtig, nachdem er seit 1851 geruht hatte, be=
schäftigt ist.

Stadt.	Civilbe= völkerung.	Name des Vereins.	Vermögen i. J. 1849.	Jetziges Vermögen.
1. Nürnberg	49,800	a) Gewerb= Verein.	43,000 fl. / 26,544 fl.	73,214 fl.
2. Würzburg	24,500	Polytechnischer Verein.	25,000 fl. / 4,900 fl.	34,900 fl.
3. München	87,900	a) GewerbV.	30,000 fl.	33,151 fl.
4. Fürth	16,700	Gewerbverein	20,000 fl.	20,575 fl.
5. Augsburg	34,200	Gewerbunter= stützungsV.	15,000 fl. / 3,701 fl.	19,636 fl.
6. Regensburg	22,300	Gewerbverein	15,000 fl.	15,258 fl.
7. Nördlingen	6,700	"	4,000 fl. / 220 fl.	12,764 fl.
8. Erlangen	10,900	"	10,500 fl.	11,943 fl.
9. Bamberg	18,500	"	10,000 fl.	11,075 fl.
10. Bayreuth	14,400	"	9,000 fl.	9,089 fl.
11. Aschaffenburg	7,100	"	7,500 fl.	7,646 fl.
12. Memmingen	6,600	"	6,000 fl.	6,000 fl.?
13. Ansbach	10,400	a) Industrie= u. Gewerbverein	5,000 fl. / 346 fl.	5,966 fl.
14. Kempten	7,900	Gewerbverein	5,000 fl.	5,960 fl.
15. Wunsiedel	3,900	"	5,000 fl.	5,869 fl.
16. Schwabach	6,400	"	5,500 fl.	5,678 fl.
17. Hof	9,100	"	5,000 fl.	5,300 fl.
18. Ansbach		b) GewerbV.	5,000 fl.	5,186 fl.
19. Passau	8,700	Gewerbverein	4,000 fl.	4,100 fl.
20. Amberg	7,900	"	3,000 fl.	3,763 fl.
21. Eichstädt	6,300	"	3,000 fl.	3,259 fl.
22. Kaufbeuern	4,200	a) Gewerbun= terstützungsV.	3,000 fl. / 68 fl.	3,207 fl.
23. Landshut	10,100	KreisgewerbV.	3,000 fl.	3,000 fl.
24. Ingolstadt	6,500	Gewerbverein	2,000 fl.	2,185 fl.
25. Freysing	5,000	Techn. Verein	2,000 fl.	2,000 fl.

Stadt.	Civilbe= völkerung.	Name des Vereins.	Vermögen i. J. 1849.	Jetziges Vermögen.
26. Neuburg	5,700	Gewerbverein	2,000 fl.	2,000 fl.
27. Lindau	3,600	„	1,500 fl.	1,500 fl.?
28. Bilshofen	?	„	600 fl.	702 fl.
29. Mindelheim	2,800	„	—	105 fl.
30. Schweinfurt		„	?	?
31. Straubing		„	?	?
32. Windsheim		„	?	?
33. Kaufbeuern		b) GewerbV.	—	—
34. Kitzingen		Kunst= u. GewerbV.	—	—
35. Lauingen		Gewerbverein	—	—
36. Rothenburg		„	—	—
37. Schongau		Polyt. Leseverein	—	—
38. München		b) Polyt. Verein	?	?
39. „		c) V. z. Ausb. d. Gewerke	—	?
40. Nürnberg		b) Bauhütte	—	?

Summa: 285,379 fl. 315,031 fl.

III. Vereinszwecke.

Der aus dem offiziellen Entwurf in viele Satzungen übergegangene allgemeinste Ausdruck der Vereinszwecke lautet: „Hebung und Belebung der Gewerbe." Zu dieser Tendenz können sich auch in der That alle bestehenden Vereine bekennen und nur in Ansehung des geographischen Umfangs, auf welchen sie ihren Wirkungskreis ausdehnen, dann in Ansehung der Mittel, die sie zur Erreichung des gemeinschaftlichen Zweckes gewählt haben, unterscheiden sich einige von ihnen durch beson= dere Eigenthümlichkeiten. Die große Mehrzahl der Vereine concentrirt ihre Thätigkeit auf die gewerblichen Interessen einer bestimmten Gemeinde; sie sind örtliche Vereine und haben demgemäß auch nur ausnahms= weise oder gar nicht auswärtige Mitglieder. Abweichend ist hierin die Stellung des Münchner polytechnischen Vereines, des Vereines zur Ausbildung der Gewerke und der Nürnberger Bauhütte, deren Be=

strebungen das ganze Land umfaſſen, ferner des Würzburger poly=
technischen Vereines, der ſich in ähnlicher Weiſe als ein Centralverein
für Unterfranken conſtituirt hat. Dieſelbe Beſtimmung hatte, wenigſtens
nach ſeiner urſprünglichen Anlage, für Niederbayern der „Kreisgewerb=
verein" zu Landshut. Umgekehrt iſt in der Wahl der Mittel die
Tendenz wenigſtens der drei erſtgenannten Vereine enger begränzt als
jene der übrigen, — ſie ſchließen die finanzielle Unterſtützung der
Gewerbe ganz aus, oder laſſen ſie doch ſehr in den Hintergrund tre=
ten. Sollen die vorherrſchenden Richtungen einerſeits des polytech=
niſchen anderſeits des zweiten Münchner Vereines und der Bauhütte
noch poſitiv mit kurzen Worten bezeichnet werden, ſo findet man, daß
hier die Anwendung der Kunſt, dort die Anwendung der Naturwiſ=
ſenſchaften auf den Gewerbsbetrieb vorzugsweiſe oder allein in's
Auge gefaßt wird. Dem Würzburger Verein iſt eine enge Verbindung
mit dem landwirthſchaftlichen Kreisverein eigenthümlich.

Wie umfangreich, wenn auch in ſtrengſter örtlicher Beſchränkung
aufgefaßt, die mit den Worten „Hebung und Belebung der Gewerbe"
angedeutete Aufgabe iſt, heben die Satzungen mancher Vereine dadurch
ſehr bezeichnend hervor, daß dem kurzgefaßten Loſungswort ein faſt un=
abſehbares und dennoch keineswegs erſchöpfendes Regiſter der Einzel=
beſtrebungen folgt, welche dieſe Aufgabe in ſich ſchließt. Vergleicht man
mit den Vorſätzen die bisherige That, ſo ergiebt ſich, daß ſelbſt da, wo
Vieles geſchehen iſt, die Leiſtungen in der Fülle des Programmes zu
verſchwinden drohen. Demungeachtet iſt mit den Worten „Hebung und
Belebung" noch nicht Alles geſagt. Gar häufig erkennt man, daß dem
Bemühen, die Gewerbe zu einer höheren Stufe der Ausbildung zu er=
heben, ihre Lebenskraft zu ſteigern, die anſpruchsloſere Bemühung
vorhergehen muß, ſie auf ihrer jetzigen Stufe wenigſtens zu erhalten
und vor tieferem Verfall zu bewahren. In ſolchen Betrachtungen liegt
eine Mahnung zur Beſcheidenheit, aber auch zur Ausdauer und zur ver=
doppelten Anſtrengung.

Von den vielfachen auf das Ziel hinweiſenden Wegen, welche ſich
die Vereine beim Beginn ihrer Thätigkeit vorgezeichnet haben, intereſſiren
uns nach dem beſchränkten Zwecke dieſer Schrift nur diejenigen, die
wirklich betreten worden ſind. Dieſen wird, ohne ſich hier in die

Einzelnheiten der aufgestellten Programme zu verlieren, unsere statistische Darlegung folgen.

IV. Organisation.

1. **Mitglieder.** Die im Laufe des letzten Jahrzehnts entstan=
denen Vereine folgen in ihrer Verfassung zum größten Theile dem Muster
des **Nürnberger** Vereines, beziehungsweise des offiziellen Entwurfes.
Die Satzungen unterscheiden gewöhnlich zwischen ordentlichen und
außerordentlichen (auch Ehren=) Mitgliedern und lassen in ersterer Eigen=
schaft jeden unbescholtenen im Vereinsbezirk wohnenden Mann, in der
zweiten Eigenschaft unbescholtene Gewerbsgehülfen zu. Hie und da ist
den letzteren auch der Eintritt als ordentliche Mitglieder, wenn sie sich
zur Zahlung des höheren für diese festgesetzten Beitrages verstehen, ge=
stattet. Die Satzungen des **Münchner** Gewerbvereins lassen nur Ge=
werbtreibende zu, während anderwärts auch Freunde des Gewerbes aus
allen Klassen Aufnahme finden und solche Mitglieder, namentlich Lehrer
der technischen Unterrichtsanstalten und Gemeindebeamte, nicht selten für
die Leitung der Vereinsangelegenheiten vorzugsweise in Anspruch genom=
men werden. Mitglieder aus dem Stande der Staatsdiener sind bei
wenigen Vereinen, vielleicht bei keinem der örtlichen Gewerbvereine
in Thätigkeit, — eine Erscheinung, die sich aus der isolirten, vom
bürgerlichen Leben abgekehrten Stellung des Beamtenstandes erklärt.
Die ordentlichen Mitglieder allein sind stimmberechtigt bei den
Wahlhandlungen und sonstigen Beschlußfassungen des Vereines. Das
Institut der außerordentlichen Mitglieder, welchen durch ihren Eintritt
in den Verein besondere Rechte oder Vortheile in der Regel, wenn auch
statutenmäßig, doch factisch nicht gewährt sind, hat sich deshalb nur an
wenigen Orten, z. B. in **Regensburg**, wo bei dem Verein eine Ge=
sellenunterstützungskasse besteht, lebendig erhalten.
In **Ansbach** (Gewerbverein), **München** (Gewerbverein) und
Passau sind die Mitglieder mehr oder weniger ausschließlich Gewerbs=
innungen, die als solche in corpore den Vereinen beitreten; ebenso
nehmen die beiden gewerblichen Kunstvereine Innungen und andere Kor=
porationen neben ihren übrigen Mitgliedern auf. Wir müssen indeß

hier wie im weiteren Verlaufe darauf verzichten, jede in den Einrich=
tungen sich findende Besonderheit hervorzuheben; eine sich in solchem Maß
auf's Einzelnste erstreckende Ausführung würde ohne Interesse und denk=
baren Nutzen sein.

Die Gesammtzahl der Mitglieder von 27 Vereinen (f. die Beilage
Nr. 1) betrug im Jahr 184⁸/₉: 5954, nach den neuesten Angaben da=
gegen 6875, mithin eine Mehrung von 921, die sich auf die Vereine
in Amberg, Ansbach (GB.), Eichstädt, Freysing, Hof, In=
golstadt, Mindelheim, München (GB.), Nördlingen, Regens=
burg, Schongau, Würzburg und Wunsiedel vertheilt. Die relativ
stärkste Mitgliederzahl haben Mindelheim, Kaufbeuern, Ansbach
und Regensburg, wo auf 10—30 Einwohner ein Vereinsmitglied
trifft. Herabsetzungen des Jahresbeitrags, die auf jene Vermehrung
Einfluß geäußert haben könnten, scheinen außer Ingolstadt und theil=
weise Nördlingen nirgends stattgefunden zu haben; man darf sonach
in den angegebenen Ziffern einen Beweis, daß die Vereine ihre Lebenskraft
bewahrt haben, wenigstens in sofern erblicken, als die Zahl Der=
jenigen, die den Vereinszwecken periodisch ein mäßiges Geldopfer zu
bringen bereit sind, jedenfalls keine Abnahme erfahren hat. Unter
den in die Berechnung aufgenommenen fehlen übrigens von den größe=
ren Vereinen die beiden erst nach dem Jahr 1849 entstandenen Kunst=
vereine, (— vgl. über diese die Beilage —) der Nürnberger GB.
und der Münchner polytechnische Verein. Der Augsburger Un=
terstützungsverein besteht satzungsgemäß nur aus so viel Mitgliedern,
als zur Verwaltung seiner Leihanstalt erforderlich sind; dasselbe Ver=
hältniß hat sich in Lindau und Memmingen durch allmähliges
Ausscheiden der übrigen Mitglieder unabsichtlich gebildet.

2. Die Leitung der Vereinsangelegenheiten ist Sache eines
Ausschusses (Directorium, Verwaltungsrath), der von den ordentlichen
Mitgliedern (in Nürnberg mit indirecter Wahl) alljährlich gewählt
wird und in der Regel durch eigne Wahl aus seiner Mitte die Vor=
stände, Schriftführer und Kassiere ernennt. Eine Generalversammlung
der Mitglieder findet gewöhnlich nur einmal des Jahrs Statt, um jene
Wahlen zu vollziehen, einen Rechenschaftsbericht zu vernehmen und über
Anträge auf Statutenänderung Beschluß zu fassen. Die Vereinsthätig=

keit concentrirt sich demnach in den Ausschüssen, obwohl hie und da auch
über wichtigere dem Bereich dieser Thätigkeit angehörige Maßregeln,
z. B. über Bewilligung ungewöhnlich bedeutender Darlehen aus der
Leihkasse, die Generalversammlung sich ihre Entscheidung vorbehalten
hat. Zuweilen steht auch neben dem verwaltenden Ausschuß ein zweiter,
zur Controle und zur gemeinschaftlichen Beschlußfassung in wichtigeren
Angelegenheiten berufener. Von den beschlußfassenden Generalversamm=
lungen sind die an mehreren Orten üblichen Zusammenkünfte zur Be=
sprechung gewerblicher Angelegenheiten, zur Anhörung technischer Vor=
träge u. s. w., worüber in einem folgenden Abschnitte Näheres, zu
unterscheiden. In größeren Vereinen sind, von einigen nach complicir=
teren Einrichtungen abgesehen, dem leitenden Ausschuß besondere Comis=
sionen für einzelne Vereinszwecke, namentlich für die Verwaltung der
Leihkassen, beigegeben.

3. Die Stellung der Vereine gegenüber der Staats=
polizei wird durch das Vereinsgesetz vom 26. Febr. 1850 bestimmt.
Darnach ist die Errichtung eines Vereines, die Festsetzung und Aen=
derung seiner Statuten von obrigkeitlicher Gutheißung nicht abhängig.
(Art. 11, 12, 14.) Das Gesetz unterscheidet zwischen politischen und
nichtpolitischen Vereinen und unterwirft die ersteren einer sorgfältigeren
Ueberwachung. Insbesondere ist von jeder Versammlung, deren Zeit
und Ort nicht bereits satzungsgemäß feststeht, insofern zu derselben
eine allgemeine oder öffentliche Einladung ergeht, von dem Einladenden
sowohl als von dem Besitzer des Versammlungslocales 24 Stunden zu=
vor der Ortsbehörde Kenntniß zu geben. (Art. 2, 16.) Die Behörde
ist ferner befugt, in die Versammlungen von politischen Vereinen Poli=
zeibeamte abzuordnen. (Art. 7, 16.) Endlich ist politischen Vereinen
nicht gestattet, mit anderen derart in Verbindung zu treten, daß ent=
weder die einen den Beschlüssen und Organen der anderen unterworfen
oder mehrere solche Vereine unter einem gemeinsamen Organ zu einem
gegliederten Ganzen vereinigt werden (Art. 17.).

Als politische, d. h. als Vereine, „deren Zweck sich auf die öffent=
lichen Angelegenheiten bezieht" (Art. 14), können, wenn man die in
ihren Statuten ausgesprochene Tendenz in's Auge faßt, die Gewerb=
vereine so wenig als etwa die verwandten landwirthschaftlichen Vereine

betrachtet werden. Gewerbe und Landbau, deren „Hebung und Belebung“ die Vereine erstreben, gehören zu den öffentlichen Angelegenheiten nur in-icarischen Colonien, wo die gesammte Arbeitskraft der Nation von Staats wegen, auf „Regiekosten“ in Thätigkeit gesetzt wird. So gewiß aber in einem naturgemäß organisirten Staat industrielle und landwirthschaft-liche Betriebsamkeit sich außer den Kreisen des öffentlichen Lebens bewe-gen, so klar ist doch anderseits, daß der Staat sich einer fördernden und schützenden Fürsorge nicht entziehen kann. Dieser in Gewerbsordnungen, Zollgesetzen, Culturgesetzen und deren Vollzug sich äußernden Fürsorge muß unvermeidlich die Aufmerksamkeit der einzelnen Betheiligten und in noch höherem Grad die der Vereine zugewendet sein. Wenn demgemäß die letzteren um eine gesetzliche Anordnung im Interesse des Gewerbes peti-tioniren, oder wenn sie sich, wie es zuweilen geschieht, im Auftrage der Staatsgewalt über eine beabsichtigte Anordnung gutachtlich erklären, so rückt allerdings ihre Thätigkeit dem Bereiche der öffentlichen Angelegen-heiten näher und unter diesem Gesichtspunkt könnte man versuchen, sie den politischen Vereinen anzureihen. Bisher scheint dieß — und wie wir glauben ganz im Geiste des Gesetzes — gleichwohl nicht geschehen zu sein, wenigstens nicht von Seite der höheren Staatsbehörden, welche vielmehr einzelne, nur bei nichtpolitischen Vereinen zulässige statutarische Bestimmungen ohne Bedenken durch ihre Gutheißung sanctionirt haben.

Auch in dieser letzteren Eigenschaft ist übrigens den Gewerbvereinen die Verbindlichkeit auferlegt, von jeder Veränderung ihrer Vorstandschaft (oder ihrer Zwecke) der Ortspolizeibehörde binnen 3 Tagen Anzeige zu erstatten (Art. 12 des Gesetzes.). —

4. Corporationsrechte. In den Statuten und Geschäfts-einrichtungen der Gewerbvereine wird überall von der Voraussetzung ausgegangen, daß ihnen das Recht der juristischen Persönlichkeit (Cor-porationsrecht) zustehe. Deutlich tritt dieß besonders in den Einrichtungen der Leihkassen hervor, auf deren Schuldscheinen der Verein selbst als Gläubiger eingetragen zu werden pflegt, während eine mit juristischer Persönlichkeit nicht ausgestattete Gesellschaft kein Rechtsverhältniß als solche eingehen kann, sondern darauf angewiesen ist, entweder in der Gesammtheit ihrer einzelnen Mitglieder, jedes von ihnen nach Verhält-niß seines Antheiles, aufzutreten, oder ein bestimmtes Individuum als

fingirten Inhaber ihrer Vermögensrechte vorzuschieben. Es würde dem=
gemäß z. B. die gerichtliche Einklagung eines auf den Namen des Ver=
eines als Gläubiger lautenden Schuldscheines nicht zum Ziel führen.
Ob von den bestehenden Vereinen irgend einem durch ausdrückliche Er=
klärung der Staatsgewalt Corporationsrechte verliehen worden sind, ist
uns unbekannt.

Die Frage, in welchen Fällen es einer solchen Erklärung bedürfe,
ist theoretisch streitig und bei der Verschiedenheit der im Lande bestehen=
den Civilgesetzgebungen einer allgemein gültigen Beantwortung vielleicht
überhaupt nicht fähig. Indeß kann denjenigen Gewerbvereinen gegen=
über, die auf unmittelbare Anregung der Staatsgewalt gebildet oder
reorganisirt und vom Staate mit einem als unveräußerliches Stamm=
capital bezeichneten Vermögen ausgestattet worden sind, kaum bezweifelt
werden, daß in jenen Handlungen der Staatsgewalt die factische Aner=
kennung ihrer juristischen Persönlichkeit gelegen sei. Auch von der ge=
richtlichen Praxis scheint die Stellung der Vereine bisher stets in diesem
Sinn aufgefaßt worden zu sein.

V. Finanzen.

1. Das Kapitalvermögen der Vereine stammt beinahe aus=
schließlich von den in den Jahren 184⁸/₉ bewilligten, in einzelnen Fällen
später erhöhten Staatsdotationen her. Es hat sich, wie die oben mit=
getheilte Uebersicht nachweist, fast allenthalben mehr oder weniger ansehn=
lich vermehrt. Abmassirung eines Theiles der regelmäßigen Jahresein=
künfte war die gewöhnlichste Quelle dieses Zuwachses. Dazu kamen an
einigen Orten Schenkungen, von welchen die bedeutendsten mit 5000 fl.
und 6000 fl. den Vereinen in Würzburg (1852) und Nördlingen
(1853) zugefallen sind.

Bei Ueberweisung der Staatsgelder, oder vielmehr der die bewil=
ligten Summen repräsentirenden Anlehensobligationen an die Vereine,
war die rechtliche Natur des denselben verliehenen Anspruches nicht mit
wünschenswerther Schärfe ausgesprochen. Die Obligationen lauteten
zum Theil auf den Namen der im Augenblick ihrer Ausfertigung schon be=

stehenden Vereine, zum Theil auf den Namen der städtischen Behörde mit dem Beisatz „zur Unterstützung der Gewerbe." Aber auch im letzteren Fall war der in seiner Bildung begriffene Verein als künftiger Inhaber und die Gemeindebehörde nur als vorläufiger Depositär gedacht, denn der erklärte Wille der Staatsregierung gieng, wie wir oben im Ein= gange gesehen haben, dahin, daß diese Unterstützungsgelder allenthalben in die Hände von Vereinen gelangen sollten, und in der Pfalz, wo die Bildung eines solchen auf Schwierigkeiten stieß, unterblieb aus diesem Grund längere Zeit die Ausantwortung der Dotation ganz. Auch haben die Magistrate wohl nirgends im Namen ihrer Gemeinden einen An= spruch erhoben und wo Zweifel entstanden sind, beschränkten sie sich auf die Frage, ob jene Gelder in das Vereinsvermögen übergegangen oder nach wie vor Bestandtheile des Staatsvermögens geblieben und ob sie letzteren Falles den Vereinen zur Verwaltung oder nur zum Zinsengenuß überwiesen seien.

Die zweite Ansicht wird von mehreren Vereinen noch jetzt festge= halten und hat zur Folge, daß man sich nicht für befugt hält, die fraglichen Kapitalien als Betriebsfond einer Leihkasse zu Darlehen zu verwenden, daß man sich vielmehr auf den Einzug der Zinsen beschränkt. Neben diesem offenbaren Mißverständniß kommt ein anderes vor, das sich in der Wirkung kaum von dem erwähnten unterscheidet. Bei Ueber= weisung der Dotationen wurde von Seite der Staatsregierung bedungen, daß dieselben als „Stammkapital" für alle Zeit zu erhalten und zu gewährleisten seien. Hie und da meinten nun die mit dem Vollzuge dieser Weisung beauftragten städtischen Behörden, oder auch die Vereine selbst, für die bedungene Gewährleistung auf keine andere Weise sorgen zu können, als indem sie die Obligationen unberührt aufbewahrten und im Fall einer Verloosung durch andere Staatspapiere ersetzten. So blieben sie, mochten sie auch diese Papiere als wirkliche Bestandtheile des Vereinsvermögens betrachten, doch immerhin auf den Genuß der Zinsen beschränkt.

Daß beide Auffassungen in der That auf einem Mißverständnisse beruhen, geht aus dem Verhalten und den Erklärungen der Staats= regierung deutlich genug hervor. Zunächst leuchtet ein, daß dieselbe für Sicherstellung der Dotationsgelder, sofern sie wirklich fortwährend als

Staatsgut behandelt werden sollten, in ganz anderer Art hätte forgen müffen, als durch eine einfache Mahnung an die Gemeindebehörden. Ueberdieß ist bei Hinausgabe der fraglichen Gelder keinerlei Vorbehalt fiscalischer Ansprüche beigefügt worden und in den an den jüngsten Landtag gelangten Vorlagen sind sie ausdrücklich als „nichtrefundir= liche Zuschüffe" bezeichnet. Durch diese Erklärung, welcher auch die Zustimmung des Landtages nicht fehlt, ist vollends bekräftigt, daß die Dotationen bestimmt waren, in das Vereinsvermögen überzugehen.

Allerdings ist den Vereinen zugleich die Pflicht auferlegt, dieselben als Stammkapital ungeschmälert zu bewahren. Sie setzen sich aber mit dem ausgesprochenen Willen der Staatsregierung in Widerspruch, wenn sie um dieser Pflicht desto sicherer zu genügen, die Kapitalien ganz oder auch nur zum größeren Theile dem gewerblichen Verkehr durch das oben bezeichnete Verfahren vorenthalten. Die Dotationen sind gegeben als „Fond zur Unterstützung der Gewerbe durch Vorlehen" und daß man nicht etwa gemeint war, nur ihre Zinsen zu diesem Zweck zu bestim= men, zeigt schon die bei ihrer Ueberweisung beigefügte Clausel, wonach die Veräußerung der betreffenden Obligationen nur al pari erfolgen sollte. Die Regierung selbst setzte demnach voraus, daß eine Veräußerung erfolgen werde, zu dem Zweck die dadurch gewonnenen Baarsummen mittelst der Leihkaffe in Umlauf zu bringen. Wie hätte sie auch von den projectirten Leihkaffen eine irgend nennenswerthe Wirkung erwarten können, wenn sie von dem Gedanken ausgegangen wäre, die Mittel desselben auf das Zinserträgniß aus einem Kapital von 2, 3000 fl. u. s. f. zu beschränken?

Für Sicherstellung des Stammkapitales läßt sich auf andere, den Zweck nicht um des Mittels willen preisgebende Weise forgen, wenn man eine mäßige Quote des Kapitales, z. B. 10 Procent, als unan= greifbaren Reservefond zurücklegt und durch weiteres alljährliches Zurück= legen einiger Procente diesen Reservefond allmählig auf die halbe oder auch in Anwendung der äußersten Vorsicht auf die volle Höhe der ur= sprünglichen Dotation bringt. Der Reservefond kann mit den zum Ge= meindevermögen gehörigen Kapitalien verwaltet, gleich diesen gegen „curatelmäßige" Sicherheit angelegt und dem Vereine verzinst werden. Daß die Leihkaffe in einem Umfang, der ihr die vollständige succeffive

Bildung des Reservefonds unmöglich macht, von Verlusten heimgesucht werden sollte, wäre nur bei der unglaublichsten Sorglosigkeit ihrer Verwaltung möglich. Die Verluste der Leihkassen berechnen sich mit Einschluß der nur drohenden Verluste nach bisheriger vierjähriger Erfahrung kaum auf jährlich ⅛ Procent von den ausgeliehenen Summen.

Die beschriebene Einrichtung ist von mehreren Vereinen in Anwendung gebracht worden; andere haben im Vertrauen auf die in den Satzungen ihrer Leihkassen angeordneten Vorsichtsmaßregeln und auf die Gewissenhaftigkeit ihrer Verwaltung jeden Reservefond für entbehrlich erachtet, und in der That hat bei sämmtlichen Vereinen der oben nachgewiesene Vermögenszuwachs die Verluste der Leihkassen, wo solche überhaupt eingetreten sind, durchgängig überwogen. Auch von Seite der Staatsregierung scheint nirgends auf weitere Vorkehrungen zur Sicherung der Stammkapitalien gedrungen worden zu sein.

2. Das regelmäßige Einkommen der Vereine besteht aus den Jahresbeiträgen ihrer Mitglieder, aus den Renten ihres Kapitalvermögens, bisweilen auch aus Beiträgen der städtischen, der Kreis= und Staatskassen. Die Beiträge der Mitglieder steigen von 12 und 24 kr. (Schwabach, Eichstädt, Kaufbeuern) bis zu 3, 4, 6 fl. jährlich. (Aschaffenburg, Bauhütte in Nürnberg, Verein zur Ausb. der Gew. in München.) Häufig ist im Einklang mit dem offiziellen Entwurf der Beitrag ordentlicher Mitglieder auf 1 fl., außerordentlicher auf 30 kr. festgesetzt. In Würzburg werden, jenachdem ein Mitglied dem Gesammtverein, einer einzelnen Abtheilung desselben, oder einem Filial als ordentliches oder als außerordentliches Mitglied angehört, Beiträge von 48 kr. bis 6 fl. erhoben; in Nördlingen werden die Mitglieder aus dem Gewerbstand in 2 nach der Höhe der Gewerbsbesteuerung abgestufte Klassen getheilt. Wo ganze Innungen als Mitglieder aufgenommen werden, richtet sich zuweilen, wie bei dem Ansbacher GV., die Größe des Beitrages nach der Stärke der Innung. In Nördlingen leisten, ohne Mitglieder zu sein, die einzelnen Innungen als solche einen Beitrag von 2—15 fl.

Das Kapitalvermögen ist zum Theil in Staatsobligationen oder hypothekarisch fest angelegt, zum größeren Theil ist es als Betriebsfond der von den Vereinen errichteten Leihkassen in Umlauf. Im letzteren

Fall wird seine Rente dadurch geschmälert, daß den Schuldnern ein niedriger Zinsfuß, zuweilen auch Unverzinslichkeit zugestanden ist.

Zur Erhöhung der Jahreseinkünfte tragen ferner die unverzins= lichen Vorschüsse bei, welche den Vereinen in Ansbach, Augs= burg, Memmingen und Minbelheim zur Verstärkung ihrer Leih= kassenfonds von Privaten gemacht worden sind. Da jedoch diese Vor= schußleistungen ausschließlich die Förderung der Leihkassen zum Zweck haben, so bleibt ihre Besprechung einem späteren Abschnitte vorbehalten.

Einige Vereine sind auch durch unverzinsliche Vorschüsse aus Staatsmitteln in ihren Unternehmungen unterstützt und namentlich dem polytechnischen Verein in Würzburg ist auf diese Weise i. J. 1852 ein zur Hebung der Rhöninbustrie bestimmtes Kapital von 15,000 fl. anvertraut worden.

Endlich steht unter der Verwaltung des genannten Vereines eine dem gleichen Zweck gewidmete Summe, die der oben (Nr. 1) erwähnten Schenkungssumme im Betrage gleichkommt und aus denselben Händen wie diese stammt.

Regelmäßige Zuschüsse aus Gemeindekassen scheinen nur in Würzburg (500 fl.), Nördlingen (400 fl.), Rothenburg (50 fl.) und Wunsiedel (25 fl.) vorzukommen; Zuschüsse gleicher Art aus Kreiskassen nur in Würzburg (1200 fl.). Die Bezüge des letzteren Vereines sind ein Beitrag zu den Kosten der unter seiner Leitung stehenden Unterrichtsanstalten.

Jährliche Subventionen aus der Staatskasse genießen, wenn wir recht berichtet sind, der polyt. Verein zu München, die gewerb= lichen Kunstvereine und als Beitrag zu den Kosten der von ihm heraus= gegebenen „Gewerbzeitung" der Fürther Verein.

Eine approximative Zusammenstellung der regelmäßigen Jahres= einkünfte von 30 Vereinen liefert das unten folgende Ergebniß. Es sind dabei die Staatsbeiträge, die Nebeneinnahmen aus verschiedenen Titeln, sowie die in die Kasse des Würzburger Vereines fließenden Schul= und Aufdinggelder (c. 1600 fl. jährlich) nicht in Berechnung gebracht, und in Ermanglung genügender Anhaltspunkte die Vereine zu Kempten, Lauingen, Lindau, Minbelheim, Schweinfurt, Straubing,

Windsheim, ferner der Münchner polytechnische Verein über=
gangen:

Beiträge der Mitglieder . . . . . 12,411 fl.
Kapitalrenten . . . . 5960 fl.
Beiträge aus Gemeindekassen . . 975 fl.
Beiträge aus Kreismitteln . . . 1320 fl.
_____
20,666 fl.

Die Geldmacht der Vereine ist jedoch erst dann vollständig ausge=
drückt, wenn man mit dieser Summe des jährlichen Einkommens ihr
Kapitalvermögen zusammenstellt; denn die durch die Vereins=Leih=
kassen in Umlauf gesetzten Kapitalien dienen schon vermöge ihrer Circu=
lation ohne Rücksicht auf das Zinserträgniß dazu, die finanziellen Kräfte
des kleinen Gewerbes zu verstärken. Das Kapital verrichtet mit a. W.
in den Händen der Vereine, gut angewendet, **doppelte Arbeit.**

———————

VI. Einzelne Zweige der Vereinsthätigkeit.
Leihkassen.

Die den Gewerbvereinen in Folge des Gesetzes vom 12. Mai 1848
aus dem Industriefond zugewiesenen Dotationen waren von der Staats=
regierung speciell zur Begründung von Leihkassen bestimmt. (Vgl. oben
S. 1, 14). Demgemäß wurde denn auch von sämmtlichen botirten Ver=
einen entweder das ganze Stammkapital, oder ein Theil desselben, oder
auch nur der jährliche Zins (vgl. oben S. 13) zu dem angedeuteten
Zweck bestimmt. Daß in Augsburg und Kaufbeuern die Staats=
botation von eigenen, neben den dortigen Gewerbvereinen gegründeten
Unterstützungsvereinen übernommen wurde, ist gleichfalls schon angeführt.
An einigen anderen Orten (Lindau, Memmingen, Schwabach,
anscheinend auch Kempten) haben die Vereine auf jede weitergreifende
Thätigkeit verzichtet und begnügen sich mit der Verwaltung ihrer Leih=
kassen. In Ansbach sind drei Leihkassen zu unterscheiden: jene des
Industrievereines, die mit der Gewerbhalle verbundene Vorschußkasse des
Gewerbvereines und die gemeinschaftliche Hülfskasse beider Vereine.

Diese Creditanstalten sind fast ausschließlich eine Schöpfung des Gesetzes vom 12. Mai 1848; von allen Gewerbvereinen älteren Datums war nur jene zu Nürnberg schon früher mit einer „Leih= und Unter= stützungskasse" verbunden, die i. J. 1792 begründet, während eines 60 jährigen Bestandes die Summe von 336,000 fl. an unverzins= lichen Darlehen in Umlauf gebracht hat. Ihr Beispiel blieb 56 Jahre lang ohne Nachahmung*), bis im Jahr 1848 auch zu Augsburg aus Schenkungen und unverzinslichen Darlehen ein beträchtlicher Fond gebildet und mit der bald darauf bewilligten Staatsbotation vereinigt wurde. Gleichzeitig entstanden dann bei den übrigen Vereinen zahlreiche, durch die Dotationen hervorgerufene Leihkassen.**)

Ueber Organisation, Mittel und Leistungen der einzelnen Leihkassen giebt die folgende Darstellung Aufschluß. Wenn gewisse Grundzüge der Organisation allen oder doch den meisten Vereinen gemeinschaftlich sind, so erkennt man darin wiederum den Einfluß der Nürnberger Satz= ungen und des denselben nachgebildeten offiziellen Statutenentwurfes, der, mit größeren oder geringeren Abweichungen im Einzelnen, fast überall als Richtschnur angenommen wurde.

1. Zweck der Darlehen. Die Darlehen der Leihkassen sollen zur Erleichterung, Erweiterung oder Vervollkommnung des Gewerbs=

---

*) Es sind jedoch hier als verwandte Anstalten die von König Ludwig i. J. 1828 gestifteten „Kreishülfskassen" zu erwähnen, deren Kapitalvermögen zur Zeit 220,000 fl. beträgt; ferner ein in der kleinen oberbayrischen Stadt Erding von dem Benefiziaten Anton Zollner gestifteter, 1823 in's Leben getretener „Leih= fond", welcher die Bestimmung hat, minderbemittelten Bürgern unverzinsliche Kapi= talien bis zu dem Betrage von 150 fl., heimzahlbar in 4 Jahresfristen, vorzustrecken. Das Vermögen dieser Stiftung betrug nach dem Rechnungsabschluß von 185½ 43,609 fl. und es waren bis dahin 407 Darlehen mit 23,883 fl. gegeben worden.

**) In Fürth besteht neben der Leihkasse des Gewerbvereines eine „Vorschuß= anstalt", 1848 mit einem Kapital von 6000 fl. aus den Ueberschüssen der dortigen Aussteueranstalt, wozu 1000 fl. unverzinsliches Darlehen der israeli= tischen Cultusgemeinde kamen, begründet. Die Anstalt giebt an Gewerbtrei= bende der Stadt Fürth unverzinsliche Vorschüsse; der Gewerbverein nimmt an ihrer Verwaltung Antheil.

betriebes, insbesondere zur Anschaffung von Werkzeug und Material dienen; doch wird ein förmlicher Nachweis über die Art der Verwendung fast nirgends gefordert. Dagegen ist hie und da bestimmt, daß Derjenige, der ein Darlehen nicht zu dem angegebenen und gebilligten Zweck verwendet, jeden ferneren Anspruch an die Leihkasse verscherzt habe. Wenn man aber in den Satzungen als fremdartige Zwecke namentlich Haushaltungsausgaben und Schuldentilgung bezeichnet findet, so sind diese Beispiele wohl nicht glücklich gewählt. Das Geld, das ein Gewerbsmann zur Bestreitung von Haushaltungskosten oder zur Schuldentilgung aufnimmt, kommt indirect unfehlbar seinem Gewerbsbetriebe zu gut, sofern er erstens das Gewerb überhaupt b e t r e i b t und zweitens keinen a n d e r e n Erwerb daneben betreibt. Das Darlehen läuft dagegen Gefahr, wirklich fremdartigen Zwecken zu dienen, wenn es einem Manne gegeben wird, der sein Gewerbe factisch nicht mehr oder doch in solcher Art ausübt, daß er keines Betriebskapitales bedarf; ebenso wenn sich der Empfänger, ohne die Ausübung seines Gewerbsrechtes ganz aufzugeben, doch vorzugsweise von Handelsgeschäften, vom Landbau oder dgl. ernährt. D i e s e Verhältnisse werden von den beschlußfassenden Commissionen vor allem in Betracht zu ziehen sein.

2. S c h u l d n e r. Die Darlehen werden entweder einzelnen Personen, oder, wo der Kasse bedeutendere Mittel zu Gebot stehen, auch ganzen Genossenschaften bewilligt. Immer wird im ersten Falle vorausgesetzt, daß der Creditsuchende ein gewerbtreibender Angehöriger der Gemeinde sei; an manchen Orten noch überdieß, daß er dem Verein als Mitglied angehöre. Diese Beschränkung gilt in B a y r e u t h, E i c h - s t ä d t, K e m p t e n, M i n d e l h e i m, P a s s a u, R e g e n s b u r g, W ü r z - b u r g und W u n s i e d e l. In L a n d s h u t und N ö r d l i n g e n sind Nichtmitglieder zugelassen, entrichten aber höhere Zinsen. Für diese letztere Maßregel spricht die doppelte Erwägung, daß das Mitglied ohnehin durch Zahlung seines Vereinsbeitrags ein Geldopfer bringt und daß jedem Vereine daran gelegen sein muß, durch Begünstigung seiner Mitglieder die Zahl derselben zu vermehren und damit seinen Einfluß zum Vortheile des Gewerbsstandes zu verstärken.

3. Die G r ö ß e der D a r l e h e n ist häufig dem Ermessen der beschlußfassenden Commission überlassen. (A s c h a f f e n b u r g, A u g s b u r g,

Bamberg, Bayreuth, Erlangen, Hof, Neuburg, Nürnberg, Regensburg, Würzburg.) Folgende Maximalbeträge gründen sich theils auf Bestimmungen der Statuten, theils auf die bisherige Uebung: Lindau 25 fl., Münbelheim 30 fl., Amberg und Passau 50 fl., Wunsiedel 75 fl., Ansbach (Hülfskasse des Gewerbvereins), Eichstädt, Kaufbeuern, Landshut, Nürnberg und Schwabach 100 fl., Nörblingen und Vilshofen 200 fl., Freysing und Fürth 300 fl., Erlangen 350 fl., München und Würzburg 500 fl., Regensburg 700 fl., Augsburg 1000 fl. Ganzen Innungen oder Gewerbsgenossenschaften werden in Fürth, Nürnberg, Nörblingen und Würzburg auch· größere Summen zugewendet. Die höchsten Durchschnittsbeträge der Darlehen finden sich, soweit das vorliegende Material Aufschluß giebt, in München und Augsburg mit 199 und 149 fl., die niederßten Durchschnittsbeträge in Amberg, Wunsiedel und Passau mit 27, 47 und 48 fl. (Vgl. Beilage II.)

Soll die beschlußfassende Commission statutenmäßig auf ein Maximum überhaupt beschränkt werden, — was je nach der Art ihrer Zusammensetzung bald rathsam, bald erläßlich sein wird — so scheint es zweckmäßig, wenn der Verein über größere Mittel zu gebieten hat, wenigstens ein doppeltes Maximum, mit Rücksicht auf den Bedarf einzelner Gewerbsleute und ganzer Genossenschaften festzusetzen und dadurch der Leihkasse die Beförderung von Associationen möglich zu machen.

4. Hinsichtlich der Verzinsung besteht eine auffallende Ungleichheit in den Ansichten und Grundsätzen. Unverzinslich werden die Darlehen gegeben

a) ohne Unterschied des Betrages: in Amberg, Ingolstadt, Kaufbeuern, Lindau, Nürnberg, Vilshofen, Wunsiedel(?);

b) bei kleineren Beträgen (— 20, 25, 50 fl.) in Augsburg, Bayreuth, Hof, Nördlingen, Regensburg, — in Nördlingen jedoch nur an Vereinsmitglieder. Von hier aus steigt der Zinsfuß durch alle Abstufungen bis zu 5 %; dieses Maximum wird in Aschaffenburg, Kempten und Passau; dann bei Beträgen von über 100 fl. in Würzburg erhoben. (S. Beilage III.)

Für das System, Darlehen auch in größeren Beträgen unverzins=
lich, oder gegen sehr geringe Verzinsung zu bewilligen, möchten sich,
abgesehen von der Autorität, die in dem Beispiel der drei größten Städte
liegt (Nürnberg 0, Augsburg 1—2%, München 2%), kaum
gewichtige Gründe beibringen lassen. Dieses System scheint die Gewerb=
treibenden entweder als Almosenempfänger, oder als die Eigenthümer
der dem Verein anvertrauten Kapitalien — den Verein selbst als den
Banquier zu behandeln, bei welchem Jeder nach Verhältniß seines An=
theiles die Gelder erhebt, deren er bedarf. Die Aufgabe des Vereines
ist aber eine höher und weiter reichende. Er wird auf die Zukunft
Bedacht nehmen und dafür Sorge tragen, daß die ihm anvertrauten
Summen wo nicht vermehrt, doch mindestens ihrem Zweck ungeschmälert
bewahrt bleiben. Dieß ist ohne ganz besondere Gunst der Umstände
unmöglich, wenn nicht die Verwaltungskosten und die von Zeit zu Zeit
unfehlbar eintretenden Verluste durch Zinsenabmassirung gedeckt werden
können.*) Der Verein hat zudem neben der Dauer seiner Wirksamkeit
den Inhalt derselben ins Auge zu fassen. Daß mit einer Erleichterung
des Credits, wie die Darlehenskassen sie gewähren, noch lange nicht
Alles gethan sei, was durch Vereine zur Förderung des Gewerbswesens
geschehen kann und geschehen soll, ist zur Genüge anerkannt; wir wer=
den im Verlauf unserer Darstellung die vielfachen Bestrebungen über=
blicken, die sich, von diesem Bewußtsein hervorgerufen, an die Thätig=
keit der Leihkassen fast überall angeschlossen haben. Je beschränkter nun
die verfügbaren Mittel sind, um so mehr wird man theils ganz auf
solche Bestrebungen verzichten, theils sich mit den dürftigsten Erfolgen
begnügen müssen. Denn die Vereine können, da ihnen keine äußere Au=
torität zu Gebot steht, nur durch die Macht ihrer Geldmittel, oder durch

---

*) Die Nürnberger Leihkasse hat seit ihrer Gründung „an milden Beiträgen
und Geschenken" die Summe von 22,789 fl. erhalten. Ihr gegenwärtiges
Vermögen beläuft sich auf 14,700 fl., das Uebrige ist durch Regiekosten und
Kapitalverluste aufgezehrt und durch Zinsen, die man von Anfang an nicht
erhoben zu haben scheint, nicht ersetzt worden. Es ist leicht berechnet, zu
welcher Macht der Wohlthätigkeit dieses Institut im Verlaufe von 60 Jahren
angewachsen wäre, wenn seine verdienten Stifter es über sich gewonnen hätten,
etwas hartherziger zu Werk zu gehen.

einen moralischen Einfluß wirken, deffen sicherste Stütze abermals das
Geld ist. Ein armer Verein wird gleich einem armen Mann bei
jedem Schritt auf Uebelwollen oder mürrischen Indifferentismus stoßen,
wo man dem reichen rücksichtsvoll entgegenkommt. So ist also jeder
Verein, der sich seine Aufgabe in ihrem vollen Umfang vergegenwärtigt,
darauf angewiesen, nach Reichthum zu streben, unter Anwendung
aller zuläffigen, mit dem Zweck verträglichen Mittel. Dahin gehören nun
auch die Ueberschüffe, die sich aus den Zinsenbezügen einer Leihkaffe nach
Deckung der obenerwähnten Kosten und Ausfälle ergeben können. Eine
gut organisirte Leihkaffe, die vierprocentige Zinsen erhebt, hört um des-
willen nicht auf, ihren Schuldnern die schätzbarsten Dienste zu leisten.
Der creditgebende Wucherer nimmt den doppelten, vier = oder achtfachen
Zins und ein Schuldner, der die Zahlungsfrist versäumt, mag sich
hüten, ihm nicht mit Hab und Gut zu verfallen; der ehrbare Kapitalist
ist nicht immer bei der Hand; sein verfügbares Kapital ist bald größer
bald kleiner als das gewünschte; er begehrt Sicherheiten, die nicht immer
angeboten, jedenfalls nur mit Kosten und nach längerem Zeitverlauf
realisirt werden können.

Das richtigere Verfahren scheint es demnach und nach einer
schon oben gemachten Bemerkung (Nr. 2), wenn die Leihkaffen, — abge=
sehen von kleinen Vorschüffen an Dürftige, wobei der Zinserlaß die
Natur eines wohlangewendeten Geschenkes annimmt, — von Solchen,
die dem Vereine nicht angehören, den landesüblichen Zins, von Mit=
gliedern ein Procent oder dergl. weniger erheben.

5. Der größte Theil der Leihkaffen gewährt Darlehen nur gegen
Sicherheitsleistung. (S. Beilage IV.) Die Bürgschaft herrscht
vor und ist an mehreren Orten (darunter Augsburg, München und
Nürnberg) allein üblich, während anderwärts auch Hypotheken und
Hypothekvormerkungen, oder Faustpfänder angenommen werden. Der
Bürge muß ein Einwohner desselben Ortes und darf nicht zugleich
Schuldner der Leihkaffe sein. Zuweilen ist für den Betrag, wofür ein
und dieselbe Person gleichzeitig als Bürge zugelassen wird, ein Maximum
festgesetzt. In Ansbach (bei der gemeinschaftlichen Hülfskaffe) und in
Regensburg begnügt man sich unter Umständen mit dem Ehrenworte
des Schuldners; in Amberg, Erlangen, Freysing, Mindel=

heim, Schwabach), Wunsiedel ist der beschlußfassenden Commission
überlassen, von jeder Sicherheitsleistung Umgang zu nehmen; in Passau
ist die letztere überhaupt nicht hergebracht.

Um den Erfolg dieser verschiedenen Systeme zu vergleichen ist es,
da die Leihkassen erst seit einigen Jahren in Thätigkeit sind, noch zu
früh; im Allgemeinen aber haben die bisherigen Ergebnisse den Beweis
geliefert, daß von den Verwaltungen mit gewissenhafter Strenge ver=
fahren wird. Es liegen uns Notizen über die Verluste von 17 Leih=
kassen vor (vgl. Beilage II), die in den Jahren 18⁴⁸/49 — 18⁵²/53
eine Summe von 290,099 fl. an Darlehen hinausgegeben und dabei
587 fl. eingebüßt haben. Von diesem Verlust fallen 500 fl. auf eine
Kasse. Die Notizen über noch nicht definitiv eingetretene, aber drohende
Verluste beschränken sich auf 12 Vereine mit einem Umsatz von 85,142 fl.
Mit Wahrscheinlichkeit verloren sind hienach 402 fl., wobei wiederum
eine Kasse mit dem halben Betrage betheiligt ist.

Der offizielle Entwurf hat das Verdienst, die Bürgschaft, die für
Creditanstalten dieser Art stets das angemessenste Sicherungsmittel sein
wird, empfohlen zu haben. Dieses Institut übt einen wohlthätigen sitt=
lichen Einfluß, der nicht gering angeschlagen werden darf. Einerseits
regt die Zumuthung, für Verbindlichkeiten eines Anderen persönlich ein=
zustehen, den Gemeingeist an; anderseits weiß der unbemittelte Gewerb=
treibende, daß er, um Bürgen, wenn er deren bedarf, zu finden, sich
den Ruf der Arbeitsamkeit und Tüchtigkeit erringen muß. Auch insofern
ist die Bürgschaft für den Schuldner ein Sporn zur Anstrengung aller
Kräfte, als ihm der Gedanke, es werde ein Anderer zur Zahlung der
verfallenen Schuld an seiner Statt angehalten, unerträglich sein muß,
wenn nicht alles Ehrgefühl von ihm gewichen ist.

Die Verpfändung von Waaren zu 50—75 Prozenten des Wer=
thes wird gleichfalls, dem offiziellen Entwurfe folgend, bei mehreren Kassen
neben der Bürgschaft zugelassen. Sie ist aber, hauptsächlich weil der
Gewerbtreibende seine Erzeugnisse in der Regel zum Verkaufe bereit
halten muß, verhältnißmäßig selten anwendbar; größere Bedeutung er=
hält sie nur da, wo Gewerbhallen bestehen, in welchen die verpfän=
dete Waare zum Verkauf ausgestellt und somit ihr Absatz eher gefördert
als gehemmt wird. Wir kommen auf diese Gewerbhallen unten zurück.

Hypotheken und hypothekarische Vormerkungen mögen aus=
nahmsweise in den Fällen, wo keine Bürgschaft zu erlangen ist, oder
zur Verstärkung anderer Sicherheitsleistungen, zweckmäßig sein; zu häu=
figer Anwendung eignen sie sich schon wegen des schleppenden und zeit=
raubenden Geschäftsganges nicht, der dadurch in die Verwaltung der
Anstalt, wenn die verfügbaren Mittel derselben nur von einigem Belang
sind, gebracht würde. Ein Hauptvorzug der ihre Geschäfte auf einen
kleinen Bezirk z. B. auf das Weichbild der Stadt einschränkenden Leih=
kassen liegt gerade darin, daß die Kenntniß der Persönlichkeiten und die
Möglichkeit ununterbrochener Beobachtung sie in den Stand setzt, per=
sönlichen Credit zu gewähren.

6. Ueber Art und Zeit der Heimzahlung enthalten die Sta=
tuten mannigfaltige Vorschriften. Häufig sind monatliche Ratenzahlungen
bedungen — 1 fl. von 10, 16, 20, 25 fl. Die letztere Einrichtung
besteht in Augsburg, Kaufbeuern und Nürnberg. Nur zuge=
lassen, nicht vorgeschrieben sind Ratenzahlungen in Ansbach (Vorschuß=
kasse der Gewerbhalle) überhaupt nicht üblich sind sie — soweit dieß die
Satzungen erkennen lassen — in Aschaffenburg, Eichstädt, Er=
langen, Nördlingen, Passau, Würzburg, Wunsiedel. Die
äußersten Zahlungsfristen gehen von ½ Jahr (Aschaffenburg, Pas=
sau), 1 Jahr (Amberg, Ansbach Gewerbhalle, Aschaffenburg
Gewerbhalle, Eichstädt, Fürth, Landshut), 2 Jahren (Ansbach,
Gemeinsch. Hülfskasse, Augsburg, Kaufbeuern, Nürnberg,
Wunsiedel), bis zu 5 Jahren (München). Unbestimmt sind die
Fristen in Bamberg, Bayreuth, Hof, Neuburg, Schwabach,
Vilshofen. In Nördlingen werden sie von Jahr zu Jahr nach
Verhältniß der Nachfrage und der Mittel geregelt.

Es unterliegt keinem Zweifel, daß in vielen Fällen die Raten=
zahlung dem Interesse der Creditanstalt ebenso, wie jenem des Schuldners
entspricht. Dieser spart an Zinsen und entgeht vielleicht überdieß man=
cher unwirthschaftlichen Versuchung, wenn er eingehende Gelder alsbald zu
solchen Zahlungen verwenden muß; die Anstalt kann neue Darlehensgesuche
um so eher befriedigen. Daß das Geschäft der Einkassirung dadurch
vervielfacht wird, darf kein Hinderniß sein; es läßt sich nöthigenfalls
ohne Schwierigkeit auf eine Anzahl von Spezialkassieren vertheilen. Allein

eben so gewiß ist es, daß in andern Fällen diese Vortheile sich in Nach=
theile verwandeln können, wenn an dem Erforderniß der Ratenzahlungen
unbedingt festgehalten wird. Der Absatz vieler Gewerbserzeugnisse
ist ausschließlich auf eine gewisse Jahreszeit beschränkt; Vieles wird auch
auf Borg verkauft und es besteht z. B. der Mißbrauch der Neujahrs=
rechnungen noch in großer Ausdehnung. Wenn nun ein Handwerker
zum Ankaufe von Rohstoffen Geld aufnimmt und dabei die Gewißheit
hat, die Früchte dieses Kapitales glücklichsten Falles erst nach Verlauf
von 6 oder 9 Monaten ernbten zu können, wenn er zudem auch andere,
den Bedarf seines Haushaltes übersteigende Einnahmen bis dahin nicht
zu erwarten hat, — wie soll er die Verbindlichkeit übernehmen und
erfüllen können, schon nach Ablauf des ersten Monats mit der Rück=
zahlung zu beginnen? Er wird entweder die Verbindlichkeit unbedachtsam
übernehmen und nicht erfüllen, oder er wird das naheliegende Aus=
kunftsmittel ergreifen, bei der Leihkasse ein seinen Geschäftsbedarf über=
steigendes Kapital aufzunehmen, dasselbe theilweise zurückzulegen und zu
den ersten Ratenzahlungen zu verwenden. So sieht er sich, wo nicht
Unverzinslichkeit besteht, zur Verzinsung von Geldern genöthigt, die er
doch nicht in seinen Nutzen verwenden kann und jedenfalls wird die
wohlthätige Wirksamkeit der Leihkasse, deren Kapitalien zum Theil zu
einem müssigen Hin= und Herwandern verurtheilt sind, empfindlich ge=
schwächt. Diese Betrachtungen sprechen für die Einrichtung derjenigen
Anstalten, bei welchen die Ratenzahlung zwar zugelassen, doch nicht
ausnahmslos vorgeschrieben ist. Dabei wird es rathsam sein, die Be=
stimmung über Art und Weise der Tilgung nicht vom Gutdünken des
Schuldners abhängig zu machen, sondern der beschlußfassenden Commis=
sion zu übertragen, von welcher erwartet werden muß, daß sie mit den
Eigenthümlichkeiten des Geschäftsbetriebes hinlänglich vertraut ist, um
in jedem einzelnen Fall die angemessenere Zahlungsart wählen zu können.

Wo Fristenzahlungen eintreten, scheint es in Bezug auf die
Regulirung derselben wohlgethan, die Größe der einzelnen Raten nicht
unwandelbar zu firiren, sondern den Commissionen zur Berücksich=
tigung der durch die Natur der einzelnen Gewerbe und durch den
Wechsel der Zeitumstände so vielfach modificirten Bedingungen des
Absatzes einen freien Spielraum zu gewähren. Mißbrauchen die mit

dem Vollzuge beauftragten Commiffionen diefe Freiheit, fo wird man Urfache haben zu unterfuchen, ob nicht mehr an der Art ihrer Zufammenfetzung, als an dem Umfang ihrer Befugniffe die Schuld des Uebels liegt.

7. Es wäre ein unfruchtbares Unternehmen, hinfichtlich des Verfahrens, das bei der Anmeldung, Prüfung und Bewilligung von Darlehensgefuchen beobachtet wird, auf die zahlreichen, in den Satzungen der verfchiedenen Anstalten fich findenden Variationen einzugehen. Ueberall ift die Prüfung und Befchlußfaffung einem Ausfchuffe (Verwaltungsrathe u. f. w.) anvertraut, der aus der Wahl aller ordentlichen Vereinsmitglieder hervorzugehen pflegt und in der Regel mit dem die Vereinsangelegenheiten überhaupt leitenden Ausfchuß identifch ift. Befondere Commiffionen für die Leihkaffe beftehen in Fürth, Landshut, München, Nürnberg und an denjenigen Orten, wo die Creditanstalt mit einer Gewerbhalle in Verbindung gebracht ift. In der Regel finden von Jahr zu Jahr neue Wahlen ftatt; doch ift in Augsburg und Nürnberg die Function lebenslänglich; in Afchaffenburg erfolgt die Neuwahl nach Verlauf von 2 Jahren; in Ansbach tritt bei der gemeinfchaftlichen Hülfskaffe jährlich ein Drittheil, bei der Vorfchußanftalt der Gewerbhalle jährlich die Hälfte der Mitglieder aus. Die Zahl derfelben fteigt von 5 (Landshut), 7 (Fürth, München), 8 (Ansbach Gewerbhalle, Nürnberg), 9 (Afchaffenburg, Augsburg, Bayreuth) bis zu 18 (Nördlingen) und 21 (Erlangen).

Eine ftarke Befetzung der Commiffion gewährt in mittleren und kleinen Städten den Vortheil, daß ihr die Kenntniß der Perfönlichkeiten und der Gewerbsverhältniffe in höherem Grad zu Gebote fteht. In größeren Städten ift wenigftens der letztere Vortheil, wenn bei den Wahlen umfichtig verfahren wird, erreichbar; zur Aufklärung über die Perfonalien der Gefuchfteller wird es hier ftets noch weiterer Hülfsmittel bedürfen.

Bisweilen ift zur gültigen Befchlußfaffung die Anwefenheit einer beftimmten Zahl von Commiffionsmitgliedern, 1 über die Hälfte, ⅔ u. f. w. erforderlich (Ansbach, Augsburg, Erlangen, Fürth, Kaufbeuern). Eine folche Vorfichtsmaßregel empfiehlt fich um fo mehr, je schwächer die Commission besetzt und je häufiger ihre Thätigkeit in Anspruch genommen ist. Bei sehr bedeutenden Darlehen, namentlich an ganze Genossenschaften, ist wohl auch ein Beschluß der Plenarver= sammlung oder der Zusammentritt der Commission mit einem zweiten Vereinsorgan vorgeschrieben. (Fürth, Würzburg).

Die Berathungen finden nach Bedürfniß, oder in bestimmten Zwischenräumen, z. B. wöchentlich in Augsburg und Würzburg, monatlich in Nürnberg Statt. Da rasche Befriedigung aller unverwerf= lichen Gesuche den Nutzen der Einrichtung wesentlich erhöht; so mag es rathsam sein vorzuschreiben, daß in der Regel kein Gesuch über 8 Tage unerledigt bleiben dürfe.

Ist ein Darlehen bewilligt, so erfolgt dessen Auszahlung durch den Kassier auf Anweisung des Vorstandes, nachdem vom Schuldner ein Schuldschein ausgestellt, vom Bürgen dessen Haftungsverbindlichkeit ur= kundlich anerkannt ist. Daß die Unterschriften in Gegenwart eines Ver= waltungsmitgliedes unterzeichnet werden sollen, ist eine mehrfach ange= ordnete Vorsichtsmaßregel, die sich namentlich in Todesfällen als zweck= mäßig bewähren kann. Ueberall tritt der Bürge als „Selbstzahler" unter Verzicht auf die Einrede der Vorausklagung ein; nachahmungswerth ist auch die nach dem Beispiel von Nürnberg zuweilen vorkommende Clausel: „wobei er sich der Einrede, daß dem Hauptschuldner ohne sein Wissen eine längere Frist zur Zahlung gestattet worden sei, begiebt."

Als Mittel, die Pünktlichkeit der Rückzahlung zu befördern, findet man hie und da in den Satzungen bestimmt, daß ein säumiger Schuld= ner (oder Bürge) künftig kein weiteres Darlehen zu erwarten habe. Etwas gelinder verfahren die Nördlinger Satzungen, indem sie den Saumseligen nur auf bestimmte Zeit ausschließen. Alle derartigen Maß= regeln werden indeß nur dann von erklecklicher Wirkung sein, wenn man, wie in Nürnberg und anderwärts, die Betheiligten, die sich selten mit dem Studium der Vereinsgesetze befassen, durch Zustellung gedruckter Auszüge aus denselben auf ihre Verpflichtungen und auf die Nachtheile, die sie zu vermeiden haben, besonders aufmerksam macht.

Die Namen der Schuldner regelmäßig zu veröffentlichen, ist unseres Wissens nur in Nürnberg üblich, während an anderen Orten den

Commissionsmitgliedern Geheimhaltung zur Pflicht gemacht und in Re=
gensburg diese Pflicht sogar durch Abnahme eines Handgelübdes ein=
geprägt wird. Welchen erheblichen Nutzen die Veröffentlichung gewähren
könnte, ist schwer abzusehen, wogegen sie anderseits unstreitig Manchen
von dem Gedanken sich an die Leihkasse zu wenden abschreckt, und so
die Wirksamkeit derselben längere Zeit schmälert, bis man sich mit der
eigenthümlichen Einrichtung vertraut gemacht hat.

8. **Betriebskapitalien.** Die Leihkassen sind mit Ausnahme
der selbstständigen Unterstützungsvereine in Augsburg und Kauf=
beuern, Anstalten der Gewerbvereine, unter deren Leitung sie stehen
und von welchen sie ihre Betriebskapitalien empfangen. Es ist wiederholt
erwähnt worden, daß die i. J. 184⁸/₉ und später den Vereinen bewil=
ligten Staatsbotationen die ausgesprochene Bestimmung hatten, Leih=
kassen zu fundiren. Demgemäß haben auch die meisten Vereine ihre
Dotationen den Kassen unmittelbar überwiesen und sich damit begnügt,
die Geldmittel zur Förderung anderer Vereinszwecke aus den Zinsbezügen
der Leihkasse, sofern dieselben den Regieaufwand übersteigen, ferner aus
den Mitgliederbeiträgen und sonstigen Zuflüssen zu schöpfen. Gewöhn=
lich aber wurde noch ein Theil dieser Jahreseinkünfte zur Vergrößerung
des Stammkapitales und damit zugleich des Betriebskapitals der Leih=
kasse abmassirt.

So bildet das in den Jahren 184⁸/₉—185²/₃ auf 315,000 fl.
angewachsene Vermögen der in unserer einleitenden Uebersicht unter Nr.
1—29 aufgezählten Vereine annähernd zugleich das Betriebskapital der
Leihkassen. Im Einzelnen unterliegt jedoch diese Angabe mehreren Re=
strictionen: In Nürnberg, wo die Leihkasse mit einem Fond von
14,700 fl. schon bestand, wurde im Jahr 1848 der Staatszuschuß von
40,000 fl. derselben nicht überwiesen, sondern für genügend erachtet,
ihr in Fällen eines den eigenen Fond übersteigenden Bedarfes zeitweilig
die erforderlichen Summen aus dem gedachten Kapital vorschußweise zu
überlassen. Ferner haben aus den früher schon erörterten Gründen
(oben S. 13) einige Vereine Bedenken getragen, das Stammkapital
einer Leihkasse zur Verfügung zu stellen, haben vielmehr vorgezogen,
dasselbe in Staatsobligationen oder Hypotheken bleibend anzulegen und

nur das Zinserträgniß zu wenigen und geringfügigen Darlehen an Ge=
werbtreibende zu verwenden. Andere haben wenigstens einen Theil des
Kapitals als Reservefond in der bezeichneten Weise angelegt, den größeren
Theil aber für den Geschäftsverkehr ihrer Leihkasse bestimmt.

Während das Betriebskapital der Leihkassen, hauptsächlich aus den
angeführten Ursachen, hinter dem Gesammtvermögen der Vereine um
etwa 70,000 fl. zurückbleibt, wird es anderseits durch einige nicht aus
dem Vereinsvermögen stammende Zuflüsse wieder um etwas erhöht.
Der Augsburger Unterstützungsverein konnte seine Thätigkeit im
Jahr 1848 unabhängig von der ihm bald darauf überwiesenen Staats=
dotation beginnen, nachdem ihm durch das Zusammenwirken von
52 Einwohnern der Stadt ein Kapital von 13,642 fl. theils schenkungs=,
theils vorschußweise zur Verfügung gestellt war. Die Schenkungen,
vermehrt durch einige Beiträge von geringerem Belang, sind in unserer
Uebersichtstabelle (S. 5) mit 3701 fl. unter dem ursprünglichen Kapital=
vermögen des Vereines vorgetragen; die Vorschüsse, durch einige Rück=
zahlungen auf 9034 fl. reducirt, bilden noch jetzt, mit der Staatsdotation
und den Schenkungssummen vereinigt, das Betriebskapital der Leihkasse.

Zu Memmingen und Ansbach wurde in den Jahren 1848
und 1849 der Versuch gemacht, Leihkassen durch Ausgabe unverzins=
licher Actien im Betrage von je 10 fl. zu begründen. In ersterer
Stadt gieng das Unternehmen vom dortigen Gewerbverein aus, welcher
von der ihm zu Theil gewordenen Staatsdotation nur die Zinsen der
Leihkasse zuzuwenden wagte und in Folge dessen das Bedürfniß, die
Mittel derselben auf anderen Wegen zu vermehren, lebhaft empfinden
mußte. Er beschränkte sich indeß auf die Ausgabe von 185 Actien, die von
Seite der Inhaber unaufkündbar sind. In Ansbach, wo der dortige
Industrieverein seiner Leihkasse gleichfalls nur die Zinsen der Staatsdotation
zur Verfügung gestellt zu haben scheint, wurde von beiden in der Stadt
bestehenden Vereinen gemeinschaftlich eine auf Actien gegründete „Hülfs=
kasse" errichtet; von den projectirten 200 Actien konnten jedoch nur 138
ausgegeben werden, deren Rückzahlung statutengemäß innerhalb 12 Jahren
nach dem Loos erfolgt und aus den Zinsen der erwähnten Dotation ge=
deckt wird. Mit einem ähnlichen Unternehmen ist man auch in Mindel=
heim gegenwärtig beschäftigt. Endlich erhielt die Leihkasse zu Nürn=

berg i. J. 1848 einen in 10 Jahresfristen rückzahlbaren Vorschuß aus städtischen Mitteln.

Die Totalsumme der in den Jahren 184⁸/₉ — 1852 incl. gegebenen Darlehen ist uns nur von 19 Leihkassen bekannt, (Beilage II), worunter einige der bedeutendsten: Nürnberg und Würzburg fehlen. Sie beträgt 300,844 fl. und würde mit Hinzurechnung der fehlenden auf beiläufig 400,000 fl. steigen. Bei Vergleichung der im ersten und im letzten Jahr dieser Periode in Umlauf gebrachten Summen sollte man erwarten, einer Zunahme derselben zu begegnen, da einerseits das Betriebskapital sich erhöht hat, anderseits manches Vorurtheil, das der Benützung der neuen Anstalten entgegenstand, im Laufe der Zeit verschwunden ist. In der That zeigen von 15 Leihkassen, für die uns zur Anstellung dieses Vergleiches die erforderlichen Anhaltspunkte geboten sind, 10 eine solche Zunahme. Allein die bei den übrigen 5 Vereinen eingetretene Abnahme überwiegt in der Art, daß sich im letzten Jahr ein Minus gegen das erste ergiebt. Dieser Ausfall kommt hauptsächlich auf Rechnung der Münchner Leihkasse, die im ersten Jahr 28,597 fl., im letzten nur 10,525 fl. bedurft hat. Hier wie in einigen andern, namentlich in größeren Städten scheint die außergewöhnliche Arbeits = und Creditlosigkeit der Jahre 1848, 1849 stärker als die Scheu vor dem neuen Institute gewirkt und so gleich anfangs einen starken Andrang zu den Leihkassen verursacht zu haben. Während aber in München mit der Rückkehr besserer Zustände die Nachfrage rasch und bedeutend abnimmt, erhält sie sich anderwärts auf der früheren Höhe oder erfährt noch eine Steigerung. Sofern nicht etwa besondere, in der Verwaltung der Münchner Leihkasse eingetretene Aenderungen ihren Einfluß geäußert haben, deutet diese Ungleichheit des Geschäftsumfanges auf eine vergleichsweise günstigere Lage des Münchner Gewerbstandes. —

Indem wir unsere Mittheilungen über die Leihkassen der Gewerbvereine hier schließen, fürchten wir den Vorwurf nicht, diesen Gegenstand mit unverhältnißmäßiger Ausführlichkeit behandelt zu haben. Die Leihkassen sind der Kern der Vereinsthätigkeit; sie sind, ohne Unterschied der örtlichen Verhältnisse, überall möglich und überall nützlich; sie sind nützlich nicht allein durch die mittelbaren Vortheile, die sie dem Gewerbs=

stand darbieten, sondern auch dadurch, daß sie dem Verein für alle anderen Bestrebungen eine festere Basis sichern, denn jedes hinausgegebene Darlehen ist ein Lebenszeichen, das die Aufmerksamkeit auf den Verein rege hält, eine Familie demselben verpflichtet, den Widerstand der Indolenz, der persönlichen Vorurtheile und Gehässigkeiten schwächt. Dieß gilt schon von den Leihkassen in ihrer einfachsten Form und mit beschränkten Mitteln. Wo ihnen größere Kapitalien zu Gebot stehen, kann durch sie zugleich die Beförderung der gewerblichen Association vermittelt werden; wo sie als Vorschußkassen in Verbindung mit „Gewerbhallen" organisirt sind, halten sie diese, gleichfalls in die Klasse der Associationen gehörigen Anstalten aufrecht. Die Vereine selbst sind durch die Leihkassen, zu deren Errichtung sie dotirt wurden, nicht allein großentheils in's Leben gerufen, sondern zum Theil auch am Leben erhalten worden. Manche von ihnen sind vor völliger Auflösung nur durch die Nothwendigkeit bewahrt geblieben, ein ihnen anvertrautes Kapital seiner Bestimmung zu erhalten. Diese mühsam und fast widerwillig gefristete Existenz kann aber jeden Augenblick durch eine günstigere Wendung der örtlichen Verhältnisse, durch den Einfluß neuer Persönlichkeiten zu lebenskräftiger Thätigkeit wieder erweckt werden.

Man hat gegen die Bedeutung der Leihkassen den Einwurf erhoben, ihre Darlehen seien in der Regel nur der letzte ohnmächtige Versuch, ein rettungslos hinsiechendes Gewerbe aufrecht zu erhalten. Unsere statistischen Materialien gehen nicht so tief in das Detail ein, um diesen Einwurf mit Ziffern widerlegen zu können, aber zuversichtlich behaupten wir, auf eigene Beobachtung und verlässige Zeugnisse gestützt, daß er, in solcher Allgemeinheit erhoben, durchaus unbegründet sei; tausend Gewerbtreibenden, die vom Ertrag ihrer Arbeit eine Familie achtbar erhalten, ist durch die Leihkassen hülfreiche Hand geboten worden, diesen Ertrag zu sichern oder zu mehren. Daß die Leihkassen allerdings nicht als Universalmittel gegen die tiefwurzelnde Noth des kleinen Gewerbes dienen, dürfte ihnen nur derjenige zum Vorwurf machen, der das Universalmittel selbst in Bereitschaft hätte. Daß Leichtfertigkeit oder falsche Gutherzigkeit zuweilen wirklich das Geld der Leihkassen unfruchtbar vergeudet, daß es in anderen Fällen sogar völlig unmöglich ist, dem Mißbrauche vorzubeugen, wird keinen Unbefangenen abwendig machen. Denn

auf welchem Gebiet menschlicher Thätigkeit ist je ein guter Gedanke in's
Leben getreten, dessen Erfolg nicht durch die Unvollkommenheit der Aus=
führung geschwächt worden wäre?

Uebrigens sind die Leihkassen noch im ersten Stadium ihrer Aus=
bildung begriffen. Abgesehen von manchen Gebrechen der Organisation
und Verwaltung, die wir zum Theil am geeigneten Ort angedeutet
haben, zum Theil nur vermuthen können, weil sie sich der statistischen
Darstellung entziehen, — sind sie namentlich noch keineswegs in dem
erreichbaren Umfang entwickelt. In vielen Städten, in den meisten
kleineren fehlen sie ganz, oder geben, was dasselbe ist, die vom Staat
ihnen überlassenen Betriebskapitalien diesem in Gestalt von Anlehens=
obligationen wieder zurück. An einigen Orten werden die verfügbaren
Mittel der Leihkassen so wenig in Anspruch genommen, daß der durch=
schnittliche Umsatz von jährlich 100,000 fl., der sich aus unseren obigen
Angaben entziffert, ohne Zweifel noch um die Hälfte gesteigert werden
könnte; an anderen Orten aber sind die verfügbaren Mittel unzulänglich.

Diese Unzulänglichkeit wird noch evidenter, wenn man erwägt, daß
die Aufgabe der Leihkassen mit Befriedigung der an sie gelangenden An=
forderungen nicht erschöpft ist. Ein Gewerbverein, welchem es die Ver=
hältnisse gönnen, sich der Aufgabe in ihrer vollen Ausdehnung zu unter=
ziehen, wird die Mittel seiner Leihkasse den Gewerbtreibenden unverlangt
aufdrängen, so oft er den rechten Mann und den rechten Augenblick
gefunden hat, um ein bedeutendes gewerbliches Unternehmen ins Leben zu
rufen, oder eine Vervollkommung des Betriebs einzuführen, wozu die
eigenen Kräfte des Unternehmers nicht ausreichen würden. Er wird
insbesondere Anlaß haben, die Bildung von Erwerbsgenossenschaften für
solche Zwecke anzuregen und mit seinen Kapitalien zu unterstützen.

Die Vergrößerung dieser Kapitalien läßt sich auf verschiedene Weise
bewerkstelligen. Das nächstliegende und erfolgreichste Mittel ist eine
Verbindung der Leihkasse und der Sparkasse des Ortes. Das ge=
sammte Vereinsvermögen haftet dann für die aus der Sparkasse entnom=
menen Gelder; auch kann durch Intervention der Gemeinde und durch
Bildung eines besonderen Reservefonds die Sicherheit noch erhöht wer=
den. Die Sparkasse ist in den Stand gesetzt, der Leihkasse einen mäßi=
gen Zinsfuß zu bewilligen, weil diese Art der Verwendung ihr gestattet,

auch kleinere Summen, wie sie wöchentlich oder monatlich bei ihr ein=
gehen, rasch zinstragend anzulegen, und weil es möglich ist, sie durch
die erwähnte Haftung vor jeder, bei hypothekarischen Anlagen nie
ganz vermeidlichen Verlustgefahr zu bewahren. Die für das bayrische
Sparkassawesen bestehenden Normen sind auch einer solchen Verwendung
nicht unbedingt entgegen und einige Modificationen zur Förderung des
gemeinnützigen Zweckes wären ohne Zweifel erreichbar. — Ein zweites
Mittel ist die Aufbringung größerer Fonds durch Bildung von Gesell=
schaften, deren Theilnehmer sich zur Einzahlung von einmaligen größeren
oder von periodischen kleineren Beträgen verstehen und so zu Gläubigern
des mit seinem übrigen Vermögen haftenden Vereines werden. Die
Tilgung dieser Vorschüsse erfolgt entweder nach einem bestimmten Plan
durch periodische Verloosungen oder auf Kündigung unter Vorbehalt
längerer Kündigungsfristen. Den Gläubigern kann eine Verzinsung,
vielleicht von 3 Procent, füglich bewilligt und dadurch das Opfer, das
sie den Zwecken des Vereines bringen, sehr erleichtert werden.

Die Einrichtungen, die hier nur mit wenigen Worten in ihren
allgemeinsten Umrissen angedeutet werden durften, sind im Süden und
Norden von Deutschland, im Interesse des gewerblichen wie des land=
wirthschaftlichen Credits schon vielfach mit befriedigendem und zum Theil
mit glänzendem Erfolg ausgeführt. Daß auch bayrische Gewerbvereine
es mit der Ausgabe von Actien bereits versucht haben, ist oben erwähnt
worden; wenn das Resultat ein verhältnißmäßig geringfügiges war, so
mag, abgesehen von der Neuheit der Sache, der Grund darin gelegen
sein, daß den Actionären unverzinsliche Ueberlassung ihrer Beiträge an=
gesonnen worden ist. — Daß die Leihkasse selbst sich zugleich als Spar=
kasse constituirt und dadurch auf dem einfachsten Weg zur Verfügung
über ansehnliche Summen gelangt, könnte in Bayern als eine Concur=
renz mit den bestehenden städtischen Sparkassen mißliebig aufgenommen
und erschwert werden, auch wenn es möglich wäre, jede von den Auf=
sichtsbehörden geforderte Garantie zu leisten. Dagegen empfiehlt sich
unter Umständen als weiteres Auskunftsmittel die Veranstaltung, daß
bei der Leihkasse Summen von 25—2, 3, 400 fl., wie sie der Ge=
schäftsmann und kleinere Kapitalist nicht selten Monate lang unverzins=
lich liegen hat, angenommen und mäßig verzinst werden. Da jedoch in

diesem Fall kurze Kündigungsfristen unerläßlich sind, so können solche
Einlagen, um die Kasse gegen momentane Zahlungsunfähigkeit zu sichern,
nur unter Beobachtung von Vorsichtsmaßregeln angenommen werden, die
eine bedeutende Ausdehnung derartiger Operationen nicht zulassen.

Wir weisen schlüßlich auf einen beachtungswerthen Vorschlag hin,
der im I. Jahrgang der Fürther „Gewerbzeitung" S. 50 gemacht wor=
den ist, dessen Ausführung jedoch nicht in den Händen der Gewerb=
vereine liegt.

Beförderung der Association.

In der Thätigkeit des Gewerbtreibenden lassen sich drei Haupt=
stadien unterscheiden: Anschaffung des Rohstoffes, Verarbeitung desselben,
Absatz des durch die Arbeit gewonnenen Erzeugnisses. Diesen drei Stu=
fen entsprechend zerfällt auch die Association der Gewerbe in drei Haupt=
klassen, jenachdem sie dem gemeinschaftlichen Materialankauf, der gemein=
schaftlichen Arbeit oder dem gemeinschaftlichen Verkaufe gilt. Die Be=
deutung des genossenschaftlichen Betriebes, aber auch die Schwierigkeit
seiner Organisation steigt, wenn er sich auf zwei der bezeichneten Sta=
bien erstreckt, oder vollends die ganze Thätigkeit von ihrem Beginne
bis zum letzten Resultat umfaßt. Für uns sind unter den möglichen
Formen nur diejenigen von Interesse, mit deren Entwicklung sich bayrische
Gewerbvereine beschäftigt haben. Es wird sich zeigen, daß die Bestre=
bungen der Vereine auf diesem Gebiet bisher hauptsächlich der Gemein=
schaftlichkeit des Einkaufes (Magazine von Rohstoffen) und der Gemein=
schaftlichkeit des Absatzes (Gewerbhallen) zugewendet waren, daß dagegen
Versuche, Genossenschaften für den gesammten Betrieb zu bilden, bis jetzt
nicht unternommen worden sind und daß die Mehrzahl der Vereine sich
an das Problem der Association überhaupt noch nicht gewagt hat. Wir
berichten über die bisherigen Bestrebungen und Leistungen, ohne auf eine
Kritik derselben, die in wenigen Sätzen unmöglich abgethan werden
könnte, einzugehen. Als die bedeutendste und zugleich ausführbarste
Form der genossenschaftlichen Gewerbsthätigkeit wird die Vereinigung
zum Ankaufe von Rohstoffen zu betrachten sein. Von den bayrischen
Vereinen sind jedoch, wie man finden wird, namentlich in dieser Rich=
tung nur wenige Versuche, von unentschiedenem Erfolg, gemacht worden.

1. **Magazine von Rohstoffen**, unmittelbar unter der Leitung oder Oberleitung eines Gewerbvereines stehend, finden sich in **Bamberg** und **Fürth**. Dazu kommen die Kohlenmagazine in **München** und **Nürnberg**. In Fürth wurde 1849 ein Brettermagazin für Schreiner errichtet, dessen Verwaltung zunächst den Betheiligten obliegt, jedoch unter Obsorge des Gewerbvereines steht. Das Betriebskapital bildet ein von der Staatsregierung auf 6 Jahre bewilligtes unverzinsliches Darlehen von 4000 fl. Bretter, Fourniere und Späne werden im Großen für Rechnung der Anstalt angekauft und sodann an die Theilnehmer zu festen Preisen abgegeben. Die Rechnung des Jahres 185½ zeigt folgende Posten: Reisespesen 31 fl. 45 kr., Miethe 108 fl., Besoldungen 240 fl., Assecuranz 8 fl. 6 kr., Ankauf von Rohstoffen 6244 fl. 50 kr., Mindererlös und Verluste am Lager 319 fl. 28 kr. Verkauf von Rohstoffen 6545 fl. Das Vermögen betrug an Kassabestand 126 fl. 16 kr., Vorräthe 3143 fl. 26 kr., Ausstände 1145 fl. 52 kr., Werth von Baulichkeiten und Requisiten 160 fl. Nach Abzug der unverzinslichen Schuld reiner Vermögensstand 575 fl. 34 kr. Angenommen das Darlehen wäre mit 4 % zu verzinsen gewesen, so würde sich das im Verlauf einer dreijährigen Verwaltung erübrigte Vermögen auf c. 100 fl. belaufen. Im August 1852 wurde ein zweites, ausschließlich auf den Bedarf der Spiegelschreiner berechnetes Magazin errichtet; die Staatsregierung bewilligte dem Verein zu diesem Zweck ein Darlehen von 3000 fl. unverzinslich auf 3 Jahre. In demselben Jahr entstand ein Ledermagazin für Schuhmacher, dessen Fond von 4000 fl. zur Hälfte durch ein Darlehen des Gewerbvereines, zur Hälfte durch das von einem Betheiligten gegebene Darlehen aufgebracht wurde. Der Versuch, auch für das Gewerb der Metallschläger ein Magazin zu begründen, wollte bis jetzt nicht gelingen.*)

Von Wichtigkeit für alle Einrichtungen dieser Art ist eine Bemerkung, welche der Ausschuß des Fürther Vereines zunächst in Bezug auf sein Magazin für Spiegelschreiner gemacht hat: „Unterdessen suchte man unter den Betheiligten selbst eine Verständigung zu erzielen, daß

---

*) Neuere, während des Druckes eingelaufene Mittheilungen siehe im **Nachtrag**.

dieſelben ſich gegenſeitig zur Haltung gleicher Preiſe verpflichteten, wie ſie der bemitteltere Spiegelſchreiner hält, damit nicht durch eine unkluge Concurrenz unter ſich der Vortheil, welcher aus dem wohlfeileren Bezug der Rohſtoffe erwächſt, wieder verloren und dem ganzen Gewerbe durch übertriebenes Herabſetzen der ohnehin ſchon ſehr gedrückten Preiſe weſentlicher Nachtheil ſtatt Nutzen gebracht würde." Obgleich die Rich= tigkeit dieſer Bemerkung anerkannt wurde, ſo war doch eine allgemeine und dauerhafte Verſtändigung nicht zu erreichen.

Der Gewerbverein zu B a m b e r g hat i. J. 1850 ein Magazin von Brettern und anderem Nutzholz errichtet, aus welchem jeder minderbe= mittelte holzverarbeitende Gewerbsmann ſeinen Bedarf gegen Baarzah= lung des feſten Preiſes bis zu einem Maximum von 100 fl. jährlich entnehmen kann. Die Anſtalt iſt vom Verein mit einem Vorſchuß von 2000 fl. dotirt, deſſen Zinſen auf die Preiſe geſchlagen werden. Die Verwaltung wird von Beauftragten des Vereines unter Zuziehung eines Abgeordneten der Schreinerinnung geführt; der den Verkauf beſorgende Magazinier iſt beſoldet. Ueber die bisherigen Ergebniſſe können wir nicht berichten, ſowie überhaupt das uns zu Gebot ſtehende Material ſich namentlich in Betreff der in dieſem Abſchnitt beſprochenen Zweige der Vereinsthätigkeit vielfach als lückenhaft erweiſt.

Das Kohlenmagazin des M ü n c h n e r Gewerbvereines hat in dem 3½jährigen Zeitraume vom März 1849 bis September 1852 folgende Ausgaben beſtritten: Kohlenankauf 17,592 fl. 8 kr., Einrichtungs= und Verwaltungskoſten 724 fl. 48 kr., Abſchlagszahlungen an den Baukoſten des Magazins (2,058 fl.) 1555 fl. 45 kr. Der Erlös für abgegebene Kohlen belief ſich auf 18,256 fl. 32 kr. Das Betriebs= kapital beſtand aus einem unverzinslichen Darlehen des Staates im Reſtbetrage von 900 fl. und aus einem Darlehen des Gewerbvereines zu 1500 fl., mit 2% verzinslich. Die Anſtalt hatte es nach Abzug ſämmtlicher Paſſiva zu einem in dem Magazinsgebäude und dem In= ventar angelegten reinen Vermögen von 712 fl. 12 kr. gebracht. In den Berichten wird angeführt, daß das Magazin den ſich betheiligenden Gewerbtreibenden ihren Bedarf um 30% billiger liefere, als dieß beim Ankauf im Kleinen möglich ſei.

Der Verein zu Nürnberg hatte nach seinem Bericht vom 31. März b. J. die Einleitung getroffen, Magazine von Holz- und Steinkohlen für den Bedarf nicht allein der Gewerbe, sondern der Einwohnerschaft überhaupt zu errichten; er hoffte auf diesem Weg zugleich eine Ermäßigung der Holzpreise herbeizuführen.

Von den Vereinen zu München und Nürnberg sind auch Innungen, die für eigene Rechnung die Begründung von Rohstoffmagazinen, oder den gemeinschaftlichen Ankauf von Rohstoffen zur Ausführung einzelner großer Bestellungen unternommen haben, mit Vorschüssen unterstützt worden. Dergleichen Darlehen erhielten in München die Buchbinder, Bürstenmacher und Schreiner; in Nürnberg die Beindrechsler und Schellenmacher.

2. In die Klasse der Association zu gemeinschaftlicher Arbeit können die Einrichtungen aufgenommen werden, durch welche von den Vereinen zu Fürth und Nürnberg einigen Gewerben die gemeinsame Benützung kostspieliger Werkzeuge möglich gemacht ist. Der Fürther Verein besitzt seit dem Jahr 1847 ein Fallwerk, einen Gravirstuhl und eine Molettirmaschine, zu deren Ankauf die erforderlichen Mittel von der Staatsregierung gewährt waren. Ein zweites Fallwerk, gleichfalls auf Staatskosten mit einem Aufwande von 700 fl. angeschafft, kam i. J. 1851 hinzu. Die Fallwerke sind in gemietheten Localen der allgemeinen Benützung überlassen; der Gewerbverein bestellt die nöthigen Aufseher und erhebt für den Gebrauch eine Abgabe, durch welche indeß die Kosten der Beaufsichtigung, Reparatur und Miethe nicht vollständig gedeckt werden. Dagegen hat diese Anstalt die Einführung neuer Industriezweige vermittelt, auch bereits die Anschaffung einer weiteren Maschine auf Privatkosten veranlaßt. Die Graviermaschinen, welche von einem zu diesem Zwecke berufenen Graveur in Betrieb gesetzt werden, liefern gravirte Stahl- und Messingwalzen für Fürther sowohl als für auswärtige Buntpapier- und Tapetenfabriken. Der Aufwand, den sie verursachen, wird durch den Ertrag ihrer Benützung gedeckt. Von dem Nürnberger Verein sind i. J. 1851, gleichfalls zur allgemeinen Benützung, mit einem Aufwande von 1500 fl. zwei Pressen zum Durchschneiden von Blechwaaren und ein Fallwerk aufgestellt worden. Die Anschaffung eines zweiten Fallwerkes und einer Prägpresse wurde

im folgenden Jahre beschlossen. Mittelbar war auch der Münchner Verein für die Beförderung gleicher Zwecke thätig. Die dortige Lodererinnung erhielt von ihr zur Herstellung einer Rauh = und einer Spinnmaschine zu dem Preise von 1200 fl. zwei Darlehen mit 1500 fl. gegen 2 % Verzinsung. Durch die für Benützung der Maschinen eingegangenen Gelder waren beim Beginn des Rechnungsjahres 185²/₃ an dieser Schuld bereits 833 fl. getilgt.

3. Gewerbhallen. Der Grundgedanke der Association hat in seiner Anwendung auf den Absatz gewerblicher Erzeugnisse zunächst die gemeinschaftlichen Verkaufsläden einzelner Gewerbe, — sodann die Gewerbhallen, d. h. die allen Gewerbtreibenden einer Stadt gemeinschaftlichen Verkaufsmagazine in's Leben gerufen. Auch manche andere verwandte Einrichtung gehört hieher; doch haben die Gewerbvereine, deren Wirksamkeit uns ausschließlich beschäftigt, bis jetzt nur den genannten beiden Einrichtungen und insbesondere den Gewerbhallen ihre Aufmerksamkeit zugewendet.

Die ersten Magazine dieser Art sind unseres Wissens i. J. 1849 von den Vereinen zu Fürth und Bayreuth begründet worden; 1850 folgte Würzburg, 1851 Aschaffenburg, 1852 der Ansbacher Gewerbverein und die Nürnberger Bauhütte nach, wogegen die Fürther Anstalt sich 1851 wieder auflöste. Die Bestimmung einer Gewerbhalle scheint auch das „Werkmagazin" in Ingolstadt zu haben. Projectirt sind nächstdem Gewerbhallen in Amberg, Bamberg, Hof, Landshut, Mindelheim, Regensburg. In Erlangen ist ein gleiches Project „an der Eifersüchtelei der Gewerbtreibenden gescheitert." — In Nürnberg werden auch unverkäufliche Gegenstände zugelassen, wodurch das Verkaufsmagazin zugleich die Eigenschaft einer permanenten Industrieausstellung erhält. Dieselbe Einrichtung ist in Regensburg beabsichtigt, während die permanente Ausstellung des Münchner Vereines zur Ausb. der Gewerke dem Verkauf ausgestellter Gegenstände überhaupt nicht, oder doch nicht unmittelbar dient und deshalb in einem späteren Abschnitte zu besprechen ist.

Die Satzungen der bestehenden Gewerbhallen, mehr oder weniger den Mustern rheinischer Städte nachgebildet, stimmen im Wesentlichen überein, haben auch vor den meisten jener älteren auswärtigen Anstalten den

gemeinsamen Vorzug, daß sie, die Nürnberger Bauhütte ausgenom=
men; mit Leihkassen in Verbindung gebracht sind, aus welchen der Ge=
werbtreibende auf den Erlös seiner zum Verkauf ausgestellten Waaren
verzinsliche Vorschüsse erhalten kann. Die für das Magazin bestimmten
Erzeugnisse werden von einer Commission untersucht und, sofern sie nicht
preiswürdig befunden sind, zurückgewiesen. In Würzburg ist für
Beschwerden gegen solche Zurückweisungen eine zweite Instanz gebildet.
Nur eigene Arbeit des Ausstellers, der überdieß in Bayreuth, Re=
gensburg, Würzburg Mitglied des Vereines sein muß, wird an=
genommen. In Aschaffenburg sollen die ausgestellten Waaren mit
dem Namen des Verfertigers nicht bezeichnet werden. Man wird indeß
dadurch nicht verhindern können, daß der Kaufslustige diesen Namen
erfährt, und ließe sich das Geheimniß wirklich bewahren, so wäre ein
wesentlicher Zweck der Gewerbhalle, das Bekanntwerden der tüchtigsten
Arbeiter, verfehlt. Der Verkauf, die Verbuchung und Ablieferung der
eingegangenen Gelder wird durch einen besoldeten Geschäftsführer be=
sorgt, der sich an die vom Einsender bestimmten, nöthigenfalls auf Ver=
langen der Commission herabgesetzten festen Preise zu halten und in der
Regel nur gegen baare Zahlung abzugeben hat. In Würzburg und
Ansbach darf mit schriftlicher Zustimmung des Einsenders auch Credit
gegeben werden. Der Erlös ist — nach Abzug allenfalls darauf haf=
tender Vorschüsse und Zinsen, dann der festgesetzten Verkaufsprovision —
bald täglich, bald am Schluß der Woche u. s. w. an die Einsender
hinauszuzahlen. Diese Provision, welche die Kosten der Anstalt decken
soll, beträgt in Bayreuth und Aschaffenburg 2 kr., in Nürn=
berg, Würzburg und Ansbach (ebenso früher in Fürth) 3 kr.,
in Regensburg 4 kr. vom Gulden des Erlöses. In Nürnberg
wird überdieß von den Besuchern der Ausstellung zur Zeit noch ein
Eintrittsgeld erhoben. In Würzburg und Ansbach macht die Ver=
waltung der Anstalt bei arbeitslosen Meistern, die für eigene Rechnung
nicht in Vorrath arbeiten können, auch Bestellungen auf leicht verkäuf=
liche Waaren, deren Absatz dann in der Halle für Rechnung der Anstalt
bewirkt wird.

    Diese Einrichtungen hängen mit dem im Allgemeinen schon be=
sprochenen Institut der Vorschußkassen zusammen. Die Vorschußkasse

stellt sich als ein abgesonderter Geschäftszweig der Leihkasse dar, die ihre Darlehen sonst gegen Ehrenwort, Bürgschaft, Hypothek, oder auch Faustpfand, hier aber ausschließlich gegen Verpfändung der in die Halle aufgenommenen Waaren, zu 33⅓, 50 — 75 Procent des Werthes, giebt. Das Minimum von 33⅓ Proc. gilt in Bayreuth, das Maximum von 75 Proc. ist in Würzburg zugelassen. Die oben S. 20, 30 mitgetheilten Notizen über den Zinsfuß, dann über den Geldumsatz der Leihkassen begreifen auch die Organisation und den Umsatz der Vor= schußkassen in sich. Man vermißt übrigens in den meisten Satzungen Vorschriften für den gewiß nicht seltenen Fall, daß innerhalb der für die Rückzahlung festgesetzten Frist die verpfändeten Waaren in der Halle nicht abgesetzt werden. Ohne Zweifel tritt hier dasselbe Verfahren ein, das bei den nicht mit Gewerbhallen verbundenen Leihkassen in gleich= artigen Fällen beobachtet wird: die Anstalt ist berechtigt, das Pfand durch Versteigerung zu verwerthen und zahlt den nach Abzug von Kapi= tal, Zinsen und Kosten sich ergebenden Ueberschuß an den Schuldner hinaus.

Ausreichende Data über die bisherigen Verwaltungsergebnisse der Gewerbhallen mitzutheilen sind wir nicht in den Stand gesetzt. Die Fürther Anstalt wurde von den dortigen Gewerbtreibenden in äußerst geringem Maße benützt und in Folge dessen von dem Publicum so schwach besucht, daß ihr Umsatz während eines 2 jährigen Bestehens auf die Summe von 1794 fl. beschränkt war. Von diesem Erlös fielen 1608 fl. auf Schreiner = und Tapezierarbeiten, was dem Vereinsausschusse Anlaß gab, bei Auflösung der Anstalt den betheiligten Innungen die Einrichtung eines gesonderten Möbelmagazins zu empfehlen. In Bayreuth ergab sich von Ende 1849 bis zum Juni 1852 ein Umsatz von 16,756 fl. Ueberdieß wurde i. J. 1850 zu dem Hülfsmittel einer Verloosung ge= griffen und dadurch ein weiterer Werth von 5376 fl. abgesetzt. Es muß hier bemerkt werden, daß bei Errichtung der Gewerbhallen in Bayreuth, Ansbach, Nürnberg und Regensburg die Absicht ausgesprochen wurde, solche Verloosungen periodisch zu veranstalten. Aschaffenburg hatte einen Umsatz von 1945 fl. i. J. 1851, von 2585 fl. i. J. 1852; Würzburg i. J. 1851: 7023 fl., im folgenden Jahr trat eine Ab= nahme ein. In Ansbach betheiligten sich vom Nov. 1852 bis Juni 1853

83 Meister und 2 Künstler; der Umsatz betrug während dieser acht=
monatlichen Periode 2600 fl.

Ein gutgelegenes, die nöthigen Räumlichkeiten im Zusammenhang
darbietendes Verkaufslocal stellt sich als unerläßliche Bedingung des
Gelingens dar; der Mangel desselben scheint an dem eclatanten Schei=
tern des Unternehmens in Fürth großentheils Schuld zu tragen.
Wir wissen nicht, inwieweit diese Schwierigkeit ein geeignetes Local
überhaupt oder doch ohne unmäßigen Kostenaufwand zu erlangen, in
Ansbach, Aschaffenburg, Bayreuth und Regensburg glücklich und nach=
haltig überwunden ist; die Würzburger Gewerbhalle befindet sich in
einem für diesen Zweck neuerrichteten städtischen Gebäude; sie hat das
Baukapital von 10,000 fl. mit 4% zu verzinsen und durch Annuitäten
zu tilgen.

Daß die Verkaufsprovision nirgends zureicht, um davon die Kosten
des Locales, Heizung, Besoldung des Personals, Feuerversicherung und
sonstige Nebenausgaben zu bestreiten, leuchtet ohne genaueren Nachweis
ein. Schlägt man diese Kosten für eine Stadt von mittlerer Größe
wie Ansbach oder Bayreuth auf jährlich 800 fl. an, so müßte bei einer
Provision von 2, resp. 3 und 4 kr. für den Gulden, der jährliche Um=
satz die Summe von 24,000, resp. 16,000 und 9000 fl. erreichen.
Man ist aber bis jetzt von solchen Resultaten noch weit entfernt und
kann dieselben begreiflich durch Steigerung der Provision nicht nach Be=
lieben herbeiführen, da der Gewerbsmann aufhört, das Magazin zu be=
schicken, sobald die Vortheile, die er sich von demselben verspricht, voll=
ständig oder auch nur annähernd durch den Betrag der Provision aufge=
wogen werden. Etwas günstiger gestaltet sich allerdings der Kostenpunkt,
wenn man zu den Provisionen das Zinserträgniß der Vorschußkasse schlägt;
doch wird selbst bei der lebhaftesten Benützung dieser Kasse, ohne sehr
beträchtliche Zunahme des Umsatzes oder verhältnißmäßig beträchtliche
Steigerung der Provision, ein Defizit nicht zu vermeiden sein. Ueber=
dieß kommt in Betracht, daß eine ihre Kapitalien gegen Bürgschaft
hinausgebende Leihkasse dem Gewerbstand so ziemlich dieselben Dienste
leistet, wie die Vorschußkassen der Verkaufsmagazine. Während aber
im ersten Fall das Zinserträgniß dem Vereine zur Bestreitung anderer,
seine Zwecke fördernder Ausgaben verbleibt, wird es im zweiten Falle

durch die Exigenzen der Gewerbhalle aufgezehrt und der Verein hat
nächstdem noch ein Defizit aus seinen sonstigen Einkünften oder durch
Steigerung der Provision zu decken. Ein besonderer, die Sachlage än=
dernder Umstand ist es, wenn einzelnen Vereinen mit der speziellen Be=
stimmung, die Errichtung von Gewerbhallen, dadurch zu befördern,
Kapitalien zugeflossen sind, die ihnen zu einem anderen Zwecke überhaupt
nicht zu Theil geworden wären. So haben die Vereine zu Bayreuth
und Ansbach (GB.) — ersterer eine Summe von 1000 fl., letzterer
seine ganze Dotation von 5000 fl. aus dem Industriefond des Staates
speciell zu dem bezeichneten Zweck erhalten.

Wo man sich, abgesehen von dergleichen individuellen Verhältnissen,
über die Errichtung oder die Auflösung einer Gewerbhalle schlüssig zu
machen hat, müssen die Vortheile, welche diese Anstalt dem Gewerbstand
darbietet, gegen die möglichen Nachtheile und gegen die finanzielle Opfer
abgewogen werden, die sie jedenfalls fordert. Es ist nicht unsere Absicht,
jene Vortheile und Nachtheile zu zergliedern; das Für und Wider ist oft
genug, auch in den bayrischen Gewerbzeitungen, erörtert worden. Ge=
langt man nun zu dem Ergebniß, daß der Besitz einer Gewerbhalle ent=
schieden wünschenswerth sei, so wird die Unmöglichkeit, mit einer Pro=
vision von 5—7 Procent den Aufwand zu decken, nicht sogleich und
unbedingt von dem Unternehmen zurückschrecken dürfen. Es wird viel=
mehr durch sorgfältige Berathung mit Gewerbtreibenden verschiedener
Klassen und durch Vergleichung auswärts gemachter Erfahrungen thun=
lichst genau zu ermitteln sein, bis zu welcher Höhe bei starker Fre=
quenz und starkem Umsatz der Halle die Provision gesteigert werden
dürfte, ohne die Theilnehmer zurückzuschrecken, ohne mit a. W. den
Nutzen der Anstalt aufzuheben. Berechtigt das Resultat dieser Unter=
suchungen zu der Erwartung, die Anstalt werde nach Ueberwindung
aller einem neuen und so tief eingreifenden Unternehmen sich entgegen=
stellenden Hemmnisse ihre Kosten mit Hülfe höherer Provisionen voll=
ständig oder doch fast vollständig decken, so darf die Ausführung gewagt
werden, u. z. in den ersten Jahren bei geringerer Provision, sonach mit
bestimmter Aussicht auf beträchtlichere Verluste. Denn nur wenn man
den Gewerbtreibenden anfänglich unverhältnißmäßig günstige Bedingungen
gewährt, wird es gelingen, sie mit der Neuerung zu befreunden und zu

der zahlreichen Betheiligung zu vermögen, die ein unerläßliches Erfor=
derniß ist. Dem Verein aber, der Jahre lang finanzielle Opfer bringt,
um eine heilsame Neuerung, welcher der Unternehmungsgeist Einzelner
nicht gewachsen wäre, in's Leben zu rufen und zu consolidiren, wird der
Vorwurf eines schlechten Haushaltes nicht gemacht werden können.

Zeigt sich dagegen, daß die Gewerbhalle auch bei dem erreichbaren
höchsten Flor, sonach bei höchstmöglicher Steigerung der Provisionen, ihre
Kosten zu decken nicht im Stande sein wird, daß also diese Kosten die
unmittelbaren und mittelbaren Vortheile der Einrichtung bleibend überwiegen
würden, so hat man Ursache den Plan fallen zu lassen. Allerdings sind
die erwähnten Vortheile nicht immer mit Händen zu greifen und mit
Zahlen auszudrücken; wenn man z. B. vermehrten Absatz für den tüch=
tigen, Aneiferung für den nachläßigen Arbeiter von den Gewerbhallen
erwartet, so können diese Wirkungen dem Einzelnen zu gut kommen,
ohne von ihm als Wirkungen der neuen Anstalt empfunden und gewür=
digt zu werden, mithin ohne ihn einem höheren Aufwande zur Erhal=
tung der Anstalt geneigt zu machen. Indeß müßte diese Kurzsichtigkeit
bei einem einigermaßen entwicklungsfähigen Gewerbsstand doch nach den
Erfahrungen mehrerer Jahre allmählig besserer Einsicht weichen. Der
Werth, welchen die gewerbliche Bevölkerung einer in ihrem Interesse
errichteten Anstalt auf die Dauer beilegt, die Geldopfer die sie derselben
zu bringen bereit ist, nachdem sie sich in das Ungewöhnte eingelebt hat,
bleibt schlüßlich immer der sicherste Anhaltspunkt, um ein Urtheil über
den inneren Werth der Anstalt zu begründen und diejenige, die sich
auf die Dauer nicht durch die Theilnahme dieser Bevölkerung, ohne
weitere Zuschüsse von außen, erhalten kann, wird stets ein erkünsteltes,
unfruchtbares Product der Theorie sein.

Wo eine Gewerbhalle besteht, pflegen die sich derselben bedienenden
Meister den Verkauf im eigenen Hause nicht ganz aufzugeben, sondern
sich beider Verkaufslocalitäten nebeneinander zu bedienen. Dabei wird
nun allerdings der Zweck der Halle nur unvollständig erreicht, und man
wird danach trachten müssen, daß die Theilnehmer ihren örtlichen Absatz
der letzteren ausschließlich anvertrauen. Indeß sind, um es dahin
zu bringen, im glücklichsten Fall Jahre erforderlich und einstweilen be=
steht die Eigenthümlichkeit, daß die Theilnehmer der Halle ein doppel=

tes Verkaufslocal an demselben Orte besitzen, was unter allen anderen
Voraussetzungen für gesetzlich unstatthaft erachtet wird. Die Gewerbs=
polizeibehörden haben unseres Wissens diese Abnormität nirgends bean=
standet, sondern als nothwendige Folge einer neuen, in der Gesetzgebung
noch nicht berücksichtigten Entwicklung gewerblicher Einrichtungen still=
schweigend zugelassen. Die höchste Behörde hat, wie wir oben gesehen
haben, das Institut durch Dotirung aus Staatsmitteln an einigen Orten
positiv begünstigt, ohne wegen der erwähnten Abnormität Bedenken zu
tragen oder die Bedingung zu stellen, daß auf den Verkauf im eigenen
Haus von den Theilnehmern der Hallen vollständig verzichtet werden
müsse. Wünschenswerth wäre bemungeachtet eine ausdrückliche Regelung
dieses Verhältnisses in der angekündigten Gewerbeordnung.

Die letzten Bemerkungen finden auch auf eine verwandte Einrich=
tung von etwas älterem Datum, auf die gemeinschaftlichen Ver=
kaufsläden einzelner Gewerbe, Anwendung. Unabhängig von
den Gewerbevereinen sind solche Magazine, namentlich für Schreiner=
und Tapezierarbeiten schon vor längerer Zeit in einigen größeren Städ=
ten entstanden und scheinen ihre Zweckmäßigkeit vollständig erprobt zu
haben. Für uns sind sie nur insofern von Interesse, als zu erwähnen
ist, daß neuerdings der Bamberger Verein ein Meubelmagazin errich=
tet hat, ferner, daß von den Innungen der Schreiner in Hof und der
Schlossermeister in München mit pecuniärer Unterstützung des betref=
fenden Vereins gleichfalls Magazine begründet worden sind.

Noch ist hier eines im Jahr 1848 zu Nürnberg unter Mitwir=
kung des dortigen Gewerbvereines errichteten Hülfsmagazines zu
erwähnen, in welches die städtischen Gewerbtreibenden bei mangelnden
Bestellungen ihre Waaren gegen Geldvorschuß liefern konnten. Diese,
auf vorübergehende Abhülfe unter der damaligen Geschäftsstockung be=
rechnete Anstalt wurde im Jahre 1852 wieder aufgelöst.

Beförderung der gewerblichen Bildung.

Was von den Vereinen in dieser Richtung gethan oder versucht
worden ist, bezieht sich

1. auf die Förderung der Gewerbschulen und der denselben
verwandten Unterrichtsanstalten. Da unsere Darstellung über die mit

dem J. 1848 beginnende Periode nicht zurückgeht, so kann der Verdienste, die sich einige von den älteren Vereinen um die Begründung und Vervollständigung gewerblicher Lehranstalten schon früher erworben haben, hier nicht ausführlicher gedacht werden. Der bezeichneten neuen Periode gehören die Bestrebungen des Fürther Vereines an, bei der dortigen Gewerbschule die Errichtung einer Abtheilung für Handel zu vermitteln, welche einerseits dem Gewerbtreibenden die Kenntniß des kaufmännischen Betriebs erleichtern, anderseits den Kaufmann mit den Eigenthümlichkeiten der örtlichen Industrie vertraut machen sollte. Im J. 1849 gelangte dieser von dem Verein angeregte und befürwortete Plan zur Ausführung. Auch bei der Gewerbschule zu Hof besteht seit dem J. 1853 eine unter Mitwirkung des dortigen Vereins errichtete Handelsabtheilung, welche ausschließlich von Beiträgen des Fabrik= und Handelsstandes, sowie des Vereines erhalten wird. Nebstdem hat dieser Verein eine Weberschule gegründet, worin Lehrlinge und Gesellen von einem tüchtigen Meister praktischen Unterricht empfangen. Diese, auch von Auswärtigen besuchte Anstalt soll in dem projectirten neuen Gewerbschulhaus eine geräumige, die Aufstellung mehrerer Musterstühle zulassende Localität erhalten. Sie wäre vielleicht geeignet, zu einer Lehrwerkstätte nach belgischem Muster erweitert zu werden.

Zu erwähnen ist ferner die auf Betreiben des Gewerbvereines zu Vilshofen erwirkte Umwandlung der dortigen Lateinschule in eine Realschule.

Einen ausgedehnten Wirkungskreis hat sich auf dem Gebiete des technischen Unterrichtes der Würzburger polyt. Verein sogleich bei seiner Gründung (1806) geschaffen. Unter Leitung desselben stehen die dortigen Sonn= und Feiertagsschulen, welche, mit 16 Lehrern besetzt, in zwei Hauptabtheilungen: die Elementarschulen mit 5 Klassen und die technischen Schulen zerfallen. Letztere theilen sich gegenwärtig in 2 Schulen für Handelslehrlinge, in 6 Zeichen=, Modellir= und Gravirschulen, eine Geometrie=, eine Chemie= und eine (1852 errichtete) Mechanikschule. Die Zahl der Schüler betrug am Schlusse des Schuljahres 185$\frac{3}{4}$ in den Elementarschulen 424, in der technischen Abtheilung 355 Schüler. Der Gesammtaufwand wird mit Hülfe des oben (S. 16) erwähnten Zuschusses aus Kreismitteln, der in seine Kasse fließenden Aufdinggelder

der Lehrlinge, dann der Schul= und Attestengelder (185¼ 620 fl.) vom Vereine bestritten.

Die Gewerbs= und insbesondere die Feiertagszeichenschulen sind nicht immer mit hinreichenden Mitteln ausgestattet, um durch Vertheilung von Preisen an ausgezeichnete Schüler im wünschenswerthen Umfang zum Besuch der Anstalten und zu eifriger Benützung der Unterrichts= mittel aufzumuntern. Mehrere Vereine (Bamberg, Fürth, Hof, Nördlingen, Wunsiedel) leisten deshalb aus ihren Mitteln Bei= träge zu diesen Preisvertheilungen.

Stipendien für unbemittelte Schüler der Gewerbschulen oder höheren technischen Lehranstalten werden in Erlangen (?), Fürth, Landshut und Nördlingen gegeben. In solchen Fällen ist mehrfach das Bedenken zur Sprache gebracht worden, ob es mit den Vereins= zwecken in Einklang stehe, derartige Unterstützungen auch jungen Leuten zu bewilligen, die sich für den Lehrerberuf ausbilden wollen, ob nicht vielmehr den Vereinen obliege, darauf hinzuwirken, daß tüchtige Talente dem Gewerbstand erhalten werden. Man müßte, um sich über die= ses Bedenken schlüssig zu machen, ein möglichst vollständiges Material zur Beantwortung der Vorfrage besitzen: Hat sich eine für das Bedürf= niß der Unterrichtsanstalten hinreichende Zahl tüchtiger junger Leute den vorbereitenden Studien zur Ausübung des Lehrerberufs gewidmet, — oder mangelt es im Gegentheil an solchen Candidaten? Wenn und so lange dieser letztere Zustand der vorherrschende ist, liegt es im un= zweifelhaften Interesse der Vereine, durch Stipendienverleihungen auch die Heranbildung guter Lehrer zu begünstigen, da eine schlechtbesetzte Lehr= anstalt dem Gewerbstand selten gute Meister liefern wird.

Von dem Genusse der aus älterer Zeit stammenden Stipendien= stiftungen sind die Schüler der technischen Unterrichtsanstalten größten= theils ausgeschlossen, — ein Uebelstand, der sich in zweifacher Richtung fühlbar macht, denn er befördert zugleich den übermäßigen, vielbeklagten Andrang zu den Facultätsstudien und zum Staatsdienst. Man darf wenigstens hoffen, daß im Laufe der Zeit durch Kreis= oder Staats= stipendien und durch Privatstiftungen auch den technischen Schulen reich= lichere Fürsorge zugewendet wird.

Unter den übrigen Hülfsmitteln der gewerblichen Ausbildung kommt

2. die Unterſtützung mit Reiſeſtipendien, namentlich die Un=
terſtützung von Geſellen, die nach zurückgelegter Wanderſchaft veranlaßt
werden, ſich in auswärtigen Fabriken oder Werkſtätten mit den Fort=
ſchritten der Technik noch vertrauter zu machen, in Fürth und Nörd=
lingen vor.

3. Die Ausſetzung von Prämien, Ertheilung von Diplomen
oder öffentlichen Belobungen für gelungene Lehrlings= oder Geſellen=
arbeiten, iſt in Bamberg, Mindelheim, Nördlingen, Wunſie=
del, Würzburg, in größerem oder geringerem Umfang üblich. Ins=
beſondere veranſtaltet der letztgenannte Verein jährlich eine Ausſtellung,
an welcher ſich im J. 1853 51 Lehrlinge betheiligt haben. Die Summe
von 100 fl. wird darauf verwendet, die Dürftigeren unter den Theil=
nehmern zur Anſchaffung von Materialien und Inſtrumenten mit Geld
zu unterſtützen. In Freyſing werden abgehende Lehrlinge, die ſich durch
Tüchtigkeit und tabelloſes Verhalten ausgezeichnet haben, in Hof und
Würzburg ausgezeichnete Geſellen und Werkführer nach längerer
Dienſtleiſtung in demſelben Geſchäft mit Prämien bedacht.

4. Periodiſche techniſche Vorträge, auch Vorträge über
Fragen der Gewerbsorganiſation u. dgl., werden für die Vereinsmitglie=
der, gewöhnlich von dem Lehrerperſonal der gewerblichen Unterrichtsan=
ſtalten, mehr oder weniger regelmäßig in Aſchaffenburg, Bamberg,
Freyſing, Fürth, Hof, Ingolſtadt, Kaufbeuern, Nürn=
berg, Regensburg, Schongau, Würzburg und Wunſiedel
gehalten.

5. Dem GV. zu Nürnberg iſt ſeit dem Jahre 1847 ein im
Dienſte des Magiſtrates ſtehender, von dieſem beſoldeter Techniker
beigegeben, deſſen Aufgabe darin beſteht, im Einverſtändniſſe mit einer
Vereinscommiſſion „die Ausführung und die Vorbereitung neuer Muſter
und neuer Ideen, ſowie die Verſchönerung und Veredlung ſchon vor=
handener Fabricate, ferner die Einführung neuer Werkzeuge und Fabri=
cationsmethoden anzuregen und zu fördern; theils durch Aufſuchen der
hiefür geeigneten Kräfte, theils durch Entgegennahme und Erledigung von
Verlangen, Anfragen und Anträgen der ſich Meldenden." Zur Vor=
nahme der von ihm ſelbſt oder von einzelnen Gewerbtreibenden angereg=
ten Verſuche iſt dem Techniker ein Laboratorium eingeräumt, das auf

Kosten des Vereines unterhalten wird. In den Berichten werden zahl=
reiche Resultate dieser Einrichtung, zum Theil von erheblichem Belang
und nachhaltiger Wirkung, aufgezählt.

In ähnlicher, jedoch nicht so bestimmt geregelter Weise stellen an
anderen Orten die Lehrer der Gewerbschulen den Vereinen ihre
Kenntnisse zur Verfügung. Durch diese Lehranstalten ist, namentlich in
kleineren Städten, ein Hülfsmittel des industriellen Fortschrittes darge=
boten, das man bisher, abgesehen von seiner Benützung zu den oben
(Nr. 4) erwähnten technischen Vorträgen, nicht hinlänglich gewürdigt und
ausgebeutet zu haben scheint. Vor Errichtung der gedachten Anstalten
war es der seltenste Zufall, wenn sich in solchen Städten ein bewanderter
Technolog niederließ, geneigt und fähig, den Gewerbtreibenden durch
praktische Anleitung die bewährten Ergebnisse der Technik zugänglich zu
machen. Gegenwärtig wird unter den Lehrern jeder Gewerbschule ein
Sachkundiger dieser Art wenigstens vorausgesetzt, wenn es auch sein
mag, daß er sich noch keineswegs überall findet. Wo aber der für die
Schule unentbehrliche Mann wirklich gewonnen ist, liegt nichts näher,
als seine Thätigkeit zugleich für die Werkstatt nutzbar zu machen. Er
kann den Theil seiner Zeit, welchen die Ausbildung der Jugend nicht
in Anspruch nimmt, auf die Belehrung der Erwachsenen verwenden, in=
dem er sich mit dem Betrieb der örtlichen Gewerbe vertraut macht, mit
den Gewerbsleuten in persönlichen Verkehr tritt und diejenigen Vervoll=
kommnungen in's Leben zu rufen bestrebt ist, die sich unter den örtlichen
und persönlichen Verhältnissen als anwendbar darstellen. Aufgabe des
Gewerbvereins wird es sein, diese Bemühungen durch seinen Einfluß
und seine Localkenntnisse zu unterstützen und für den Zeitaufwand, den
sie erfordern, eine nach seinen Kräften bemessene Vergütung zu gewähren.*)
Wenn sich dadurch das Einkommen des Lehrers um etwas erhöht, so
zieht hieraus auch die Schule mittelbaren Vortheil, denn je annehmbarer
die pecuniäre Stellung, um so gegründeter ist die Hoffnung, tüchtige
Persönlichkeiten für sie zu gewinnen.

6. Ausbildung des Kunstsinnes. Der in München zu

---

*) In diesem Sinne sind kürzlich von dem Ausschuß des Nördlinger Vereines Be-
schlüsse gefaßt worden, über deren Ergebniß noch nicht berichtet werden kann.

Ende des J. 1850 gegründete Verein „zur Ausbildung der Gewerke", dann die ein halb Jahr später eröffnete Nürnberger „Bauhütte" begegnen sich in der vorwiegenden Tendenz, das Gewerbe durch künst= lerische Schönheit der Formen zu veredeln. Während jedoch der Münch= ner Verein seine Thätigkeit ganz in dieser Aufgabe zu concentriren scheint, hat sich die Bauhütte schon in ihren Satzungen das weitere Ziel gesteckt, „mit Hülfe der Kunst und der Wissenschaft und überhaupt durch ge= meinnützige Kräfte die Gewerke zur höchstmöglichen Vollkommenheit zu führen."

Um den Sinn für künstlerische Schönheit und zugleich Vorbilder von schönen Formen zu verbreiten, — diese Bestrebungen greifen prak= tisch zu eng ineinander, als daß sie in der Darstellung getrennt werden könnten, — haben beide Vereine permanente Ausstellungen von kunstge= recht gearbeiteten Gewerbserzeugnissen, Sammlungen von Modellen und Musterzeichnungen angelegt, wovon auch an Auswärtige Copieen abge= geben werden. Die Zeitschriften beider Vereine, auf die wir unten zu= rückkommen, liefern gleichfalls solche Mustervorlagen. Es sind nächstdem Zeichner aufgestellt, welchen die Anfertigung der von einzelnen Gewerb= treibenden begehrten Entwürfe gegen bestimmte Vergütung unter Controle des Vereins obliegt. Gemeinden und Kirchenstiftungen wenden sich an den Münchner Verein, wenn sie mit der Herstellung von Altären, Kan= zeln, öffentlichen Brunnen u. s. w. beschäftigt sind und es ist den Cu= ratelbehörden durch ministerielle Verfügungen zur Pflicht gemacht, mit dem Verein in Beziehung zu treten, ehe sie die vorgelegten Entwürfe in derartigen Fällen gutheißen. Derselbe Verein setzt Preise für künst= lerisch gelungene, nach vorgeschriebenen Motiven hergestellte Gewerbserzeug= nisse und für die Anfertigung*) von Zeichnungen aus, nach welchen er Arbeiten, um sie unter seinen Mitgliedern zur Verloosung zu bringen, ausführen läßt.

Jeder Gang durch die Straßen unserer Städte, jeder Blick in das Innere der Kirchen, in die Raths= und Amtsstuben, Privatwohnungen, Werkstätten, Verkaufsläden und Kirchhöfe mahnt an den Verfall des

---

*) Mit dem Beispiel einer solchen Preisausschreibung ist i. J. 1851 der Würz= burger Verein vorangegangen.

4

Kunstsinnes in unseren Gewerben und an die Bedeutung der Aufgabe, die von den genannten Vereinen in's Auge gefaßt worden ist. Wenn aber der Geschmack der Gewerbtreibenden wirklich gebildet werden soll, so müssen die Muster schöner Formen ihn vor Allem bei seinen Arbeiten für den alltäglichen Bedarf und bei der fabrikmäßigen Production be= gleiten. Er muß gewöhnt werden, bei dem einfachsten, unscheinbarsten Erzeugniß der häßlichen Form die schöne vorzuziehen und muß durch die That überzeugt werden, daß er nach dieser Schönheit der Form streben kann, ohne der Wohlfeilheit, Zweckmäßigkeit und Dauerhaftigkeit seines Erzeugnisses Abbruch zu thun. Die Muster, die man ihm in die Hand giebt, müssen mit a. W. von solcher Beschaffenheit sein, daß unter ihrer Anwendung sein Absatz nicht leidet, sondern gewinnt. Findet er dann Gelegenheit, für Bedürfnisse des Luxus ohne ängstliche Rücksicht auf den Preis zu arbeiten, so wird sein durch tägliche Uebung entwickelter Ge= schmack ihn ohnehin dazu führen, die Hülfe der Kunst aufzusuchen.

Diese Erwägungen legen den bei den Vereinen thätigen Künstlern eine Enthaltsamkeit auf, die man namentlich in ihren durch die Zeit= schriften veröffentlichten Entwürfen noch manchmal vermißt. Gleichwohl ist der Grundsatz als solcher zur unbestrittenen Anerkennung gelangt und zu seiner praktischen Durchführung können vor Allem die Gewerb= vereine beitragen, indem sie ihre Verbindung mit den genannten Kunst= vereinen dazu benützen, die Anfertigung solcher Musterzeichnungen zu ver= anlassen, wie dieselben dem täglichen Bedarf ihrer örtlichen Industrie entsprechen. Seine Bereitwilligkeit, gerade in dieser Richtung der In= dustrie zu dienen, hat insbesondere der Münchner Verein bei einzelnen Anlässen nachdrücklich erklärt.

7. Gewerbliche Zeitschriften werden von der Mehrzahl der Vereine zum Gebrauch ihrer Mitglieder gehalten und entweder in eige= nen, zu bestimmten Stunden geöffneten Lesezimmern aufgelegt, oder bei Denjenigen, die sich zur Betheiligung melden, regelmäßig in Umlauf gesetzt. Einige Vereine besitzen, wie schon früher erwähnt wurde, auch ansehnlichere Bibliotheken von Schriften technischen Inhaltes, deren Be= nützung gleichfalls den Mitgliedern zusteht. Mittheilungen über den Umfang, in welchem diese literarischen Hülfsmittel wirklich benützt wer= den, liegen uns nicht vor. Mehr oder weniger hat man wohl allent=

halben die Erfahrung gemacht, daß unser Gewerbstand auch heute noch den guten wie den schlimmen Einwirkungen der Presse in sehr geringem Maß zugänglich ist. Es wäre unrichtig, die Ursache ausschließlich oder vorzugsweise in einer eingewurzelten Indolenz zu suchen; sie liegt vielmehr in der Art der Erziehung und der Beschäftigung: Der Entschluß, in spärlich zugemessenen Erholungsstunden von der körperlichen Anstrengung der Berufsarbeit zu der geistigen Anstrengung des Lesens überzugehen, setzt eine außergewöhnliche Energie voraus. Die eifrigsten Leser sind jüngere Leute, die eine bessere Schulbildung genossen und noch nicht allzulange hinter sich haben; dieser Eifer erstickt jedoch häufig in späteren Jahren unter der harten Sorge und Arbeit um das tägliche Brod.

Unmittelbare Anschauung, praktisches Beispiel und persönlicher Verkehr mit sachkundigen Männern, namentlich in der oben (Nr. 4 und 5) angedeuteten Art, werden für einen großen Theil unseres Gewerbstandes noch lange das einzig ergiebige Hülfsmittel technischer Fortbildung bleiben.

Einige Vereine, namentlich Hof, benützen zur Verbreitung gewerblicher Notizen die Localblätter, die allerdings, da sie allgemein gelesen zu werden pflegen, sich vorzugsweise dazu eignen, manche Belehrung unvermerkt an den Mann zu bringen.

Die von bayrischen Vereinen selbst herausgegebenen Zeitschriften sind folgende:

a) Das „Kunst= und Gewerbeblatt" des polytechnischen Vereins in München. (Seit 1821.)

b) Die „Gewerbzeitung" des Fürther Vereins. (Seit d. J. 1845 mit Unterbrechung erschienen; seit 1851 mit erweitertem Programm, als „Organ für die Interessen des bayr. Gewerbstandes.")

c) Die „gemeinnützige Wochenschrift" des polytechnischen Vereines in Würzburg. (Seit 1851; gemeinschaftlich mit dem Kreiscomité des landwirthschaftlichen Vereines für Unterfranken seit 1852.)

d) Die „Zeitschrift des Vereines zur Ausbildung der Gewerbe" in München. (Seit 1851.)

e) Die „Vierteljahrsschrift der Bauhütte zu Nürnberg." (Seit 1852.)

f) Die „Wochenschrift des Gewerbvereines in Bamberg." (Seit 1852.)

Ein „Correspondenzblatt für gewerbliche Interessen," von dem damaligen Kreisverein zu Landshut herausgegeben, ist im Jahr 1851 mit Auflösung der niederbayrischen Zweigvereine eingegangen.

In den sämmtlichen Zeitschriften findet man zunächst, mehr oder weniger regelmäßig und ausführlich, Mittheilungen über die Verhand=lungen und die Statistik des Vereines, von dem sie ausgehen; — größere von Zeichnungen begleitete Originalartikel mit Berichten und Untersuch=ungen über neue Erfindungen auf dem Gebiete der Technik hauptsächlich in dem „Kunst= und Gewerbeblatt"; kürzere Notizen über diese und andere Gegenstände von industriellem Interesse in demselben Blatt, dann in der Bamberger, Fürther und Würzburger Zeitschrift; Abhandlungen über Fragen der gewerblichen Organisation und Gesetzgebung vorzugs=weise in der Fürther Zeitschrift; Erörterungen handelspolitischer, socialer und volkswirthschaftlicher Verhältnisse überhaupt in der Würzburger Zeitschrift. Die letztere beschäftigt sich als Organ eines landwirthschaft=lichen Kreisvereines zugleich mit landwirthschaftlichen Gegenständen, wo=durch ihr der Vortheil gewährt ist, insbesondere auch die wichtigen Wech=selwirkungen zwischen gewerblichen und landwirthschaftlichen Interessen fortwährend im Auge behalten zu können. Die Zeitschriften der zwei ge=werblichen Kunstvereine liefern Musterzeichnungen, dann Abhandlungen aus dem Bereich ihres besonderen Wirkungskreises.

Als gemeinsames Organ der Gewerbvereine kann von den bestehenden Zeitschriften keine betrachtet werden. Der Versuch, die Für=ther oder die Würzburger Zeitschrift zu einem solchen Organ zu gestal=ten, ist, jedoch damals erfolglos, im Jahr 1851 gemacht worden. Wenn eine Zahl von vierzig oder mehr Vereinen gleichartiger Tendenz im Lande besteht, so ist es wünschenswerth, daß dieselben sich über die Wahl eines Blattes verständigen, in welchem die Berichte über ihre Thätigkeit nieder=gelegt, die Ansichten und Erfahrungen über Mittel und Wege zur Er=füllung der Vereinszwecke ausgetauscht werden. Diese Besprechung von Vereinsangelegenheiten würde in dem gewählten Blatt, neben seinem übrigen Inhalt, einen stehenden Artikel bilden. Um den durch die nöthig werdende Erweiterung des Blattes gesteigerten Kostenaufwand zu decken, wären von den einzelnen Vereinen verhältnißmäßige Beiträge, vielleicht in der Form eines starken Abonnements, zu leisten. Der gegenwärtige

Moment scheint einer solchen Verständigung insoferne günstig, als die vorliegende statistische Arbeit, — wenn auch mangelhaft, doch einigermaßen — für die verflossenen Jahre eine abschließende Uebersicht bietet, an welche bei den weiteren, in die Zeitschrift versetzten Besprechungen angeknüpft werden könnte. *)

8. Dem Bamberger Vereine eigenthümlich ist die Veranstaltung von Excursionen in Fabrik= und Handelsstädte, „zur Erweiterung des Gesichtskreises der Gewerbtreibenden und zur Bildung ihres Geschmackes.“ Das Ziel der bisherigen Ausflüge waren die Städte München und Nürnberg.

Beförderung des Absatzes.

1. Industrieausstellungen. Die in neuerer Zeit so häufig gewordenen Ausstellungen von gewerblichen Erzeugnissen lassen sich unter sehr verschiedenen Gesichtspunkten betrachten. Wenn sie hier in dem Abschnitt besprochen werden, der von den Maßregeln zur Beförderung des Absatzes handelt, so ist damit von den mehrfachen Zwecken, welchen diese Einrichtungen dienen sollen, derjenige bezeichnet, in welchem zuletzt alle anderen zusammenlaufen.

Die ersten Vereinsausstellungen waren die von dem Münchner polytechnischen Verein in den J. 1821, 22, 23 veranstalteten. Darauf folgten 1845 der Nürnberger GV. und der Ansbacher Industrieverein; 1848 Bamberg und Bayreuth; 1849 Aschaffenburg, Bamberg, Bayreuth, Kaufbeuern, Landshut, Regensburg, Rothenburg; 1850 Bamberg, Eichstädt, Fürth; 1851 Ans=

---

*) Es würde sich für den angedeuteten Zweck, wenn man den Character der bestehenden Zeitschriften, dann die Tendenzen und die Stellung der betreffenden Vereine in Erwägung zieht. zunächst um eine Wahl zwischen der Fürther „Gewerbzeitung“ und der Würzburger „Wochenschrift“ handeln. Das Natürlichste wäre, den beiden Vereinen selbst eine Verständigung anheimzugeben; wäre aber diese nicht erreichbar, so würde nach unserem Dafürhalten, da eine Zersplitterung des Stoffes in zwei Blättern kein empfehlenswerthes Auskunftsmittel ist, zu Gunsten des Fürther Organes die Rücksicht auf dessen höheres Alter und auf die überwiegende industrielle Bedeutung der Stadt entscheiden.

bach (GV. und Induſtrieverein), Bamberg, Hof, München,
(GV.), Nördlingen, Vilshofen, Würzburg; 1852 (Augs=
burg), Bamberg, Regensburg. Das Datum von 2 in Frey=
ſing und von 3 in Kitzingen veranſtalteten Ausſtellungen iſt nicht
angegeben. Die Ausſtellungen in Augsburg 1852, Landshut 1849 und
1852, München 1851 und Regensburg 1852 waren auf den ganzen
Kreis berechnet, die übrigen auf den Vereinsſitz, hie und da mit Zu=
ziehung von einigen Nachbarſtädten, beſchränkt. Faſt überall war mit
der Ausſtellung eine Verlooſung ausgeſtellter Gegenſtände in der
doppelten Abſicht verbunden, dem Gewerbſtand eine unmittelbare, wenn
auch vorübergehende Abſatzgelegenheit darzubieten und ihn hieburch zu
ſtärkerer Betheiligung an dem Unternehmen zu ermuntern.

Es läßt ſich erwarten, daß die localen Ausſtellungen, nament=
lich in kleineren und Mittelſtädten eher ab=, als zunehmen werden. Sie
verurſachen den bei der Anordnung beſchäftigten Vereinsmitgliedern ſtets
einen beträchtlichen Zeitaufwand, unter welchem andere Vereinszwecke von
mindeſtens gleicher Wichtigkeit leiden müſſen. Auch die Koſten der De=
coration und ſonſtigen Vorbereitungen werden ſich immer mehr fühlbar
machen, je mehr der Reiz der Neuheit ſchwindet und damit zugleich die
Einnahme aus den üblichen Eintrittsgeldern abnimmt. Eine gleiche
Abnahme ſteht dem Erträgniß der Verlooſungen bevor, deren häufige
Wiederholung ſchon jetzt läſtig zu werden anfängt. Ohnehin iſt die auf
dieſem Weg bewirkte Steigerung des Abſatzes keine naturgemäße und
zum Theil geradezu illuſoriſch. — Diejenigen Ausſtellungen, die ſich
planmäßig von Jahr zu Jahr erneuern, bilden, inſofern dabei der Ver=
kauf der ausgeſtellten Gegenſtände als Hauptzweck in's Auge gefaßt
wird, einen Uebergang zu dem oben beſprochenen Inſtitut der Ge=
werbhallen.

In den permanenten Ausſtellungen der beiden Kunſtvereine iſt
es zunächſt darauf abgeſehen, einerſeits dem Gewerbtreibenden nachahmens=
werthe Muſter vorzuführen, anderſeits den Conſumenten und noch mehr
den Kaufmann auf die Adreſſe tüchtiger Meiſter aufmerkſam zu machen.
Daß jedoch die Nürnberger Ausſtellung zugleich als Gewerbhalle dient,
haben wir bereits erwähnt. Auch eine Verlooſung iſt von der „Bau=
hütte“ kürzlich veranſtaltet worden und in München findet eine ſolche

regelmäßig von Jahr zu Jahr Statt, ist aber satzungsgemäß auf die Mitglieder beschränkt, die schon durch ihren Eintritt in den Verein den Anspruch auf ein Freiloos erwerben.

Es ist noch zu erwähnen, daß auch die Beschickung auswärtiger Industrieausstellungen des In= und Auslandes durch die Gewerbvereine vermittelt zu werden pflegt, indem dieselben den Gewerbstand zur Be= theiligung auffordern, die nöthigen Aufschlüsse geben, auch die Versen= dung übernehmen. Der Fürther Verein ordnete zu der Pariser Ausstel= lung von 1849 einen Berichterstatter ab, der dort Muster, Zeich= nungen, und durch eigene Beobachtung gesammelte Notizen über tech= nische Verfahrungsarten erwarb. Bei der Absendung von Sachverstän= bigen auf Staatskosten zu den Ausstellungen in Leipzig und London wurden die Vereine mit ihren Vorschlägen gehört; die Vereine in Nürn= berg und Würzburg leisteten überdieß Geldbeiträge zur Beschickung der Londoner Ausstellung im besonderen Interesse ihrer örtlichen Industrie.

2. Mustersammlungen. Die polyt. Vereine in München und Würzburg, die Gewerbvereine in Fürth und Nürnberg, dann in Hof und Wunsiedel haben zum Gebrauch ihrer Mitglieder Sammlungen angelegt, in welchen Zeichnungen und Muster von Roh= stoffen, Werkzeugen und gewerblichen Producten niedergelegt sind.

In Nürnberg wird der Nutzen dieser Einrichtung dadurch gestei= gert, daß die Sammlung zugleich Erzeugnisse dortiger Producenten, die durch Benützung der vorliegenden Muster oder sonst auf Anregung des Vereines entstanden sind, aufnimmt. Die Würzburger Sammlung, mit welcher ein „Kreis=Modellcabinet“ verbunden ist, steht allen Angehö= rigen des Regierungsbezirkes offen.

Verwandten Zwecken sind auch die bereits erwähnten permanenten Ausstellungen der zwei Kunstvereine zu dienen bestimmt.

3. Die Einführung neuer Industrieen oder neuer Artikel in einem schon bestehenden Industriezweig wird zum Theil durch die eben besprochenen Sammlungen befördert. Unter den übrigen zu gleichem Zweck getroffenen Veranstaltungen erwähnen wir zunächst das „Industrie= lager“ des Nürnberger Vereines. Ueber die Einrichtung desselben sagt ein Jahresbericht: „Es ist häufig der Fall, daß die Anfertigung eines neuen Artikels besondere Einrichtungen und Werkzeuge erfordert, zu

deren Anschaffung sich der Fabricant nur dann ermuthigt fühlt, wenn er die Aussicht hat, soviel von dem neuen Fabricate in Bälde abzusetzen, daß diese Einrichtungskosten ganz oder zum Theil gedeckt werden. Dem= nach bestellt der Verein, wo es nothwendig und zweckdienlich erscheint, von den neuen Artikeln, die auf seine Veranlassung ausgeführt werden sollen, größere Quantitäten und übergiebt die Fabricate sodann an hiesige Manufacturhändler, mit empfehlender Angabe des Verfertigers, um solche als Muster in den Handel zu bringen." In ähnlicher Weise verfährt übrigens der Verein, wenn sich das Bedürfniß zeigt, für wichtige, aber nicht in entsprechender Beschaffenheit sich vorfindende Rohstoffe die besten Bezugsquellen auszumitteln. Er übergiebt, nachdem diese Er= mittlung durch ihn bewerkstelligt und die Tauglichkeit des beschafften Materials erprobt ist, den ferneren Bezug mit seinen gewonnenen Er= fahrungen einem dortigen Geschäftsmann.

Versuche mit der Ausschreibung von Prämien (vgl. auch oben S. 49) sind in Nördlingen und Würzburg gemacht worden.*) Der erstere Verein hat i. J. 1850 für die Einführung geschmackvollerer Muster in der Teppichfabrication drei Geldprämien ausgeschrieben und verliehen. Der Verfertigung von Fußteppichen ist dadurch ein neuer, nachhal= tiger Aufschwung gegeben worden. Eine Preisausschreibung des Würzburger Vereines vom J. 1852 bezog sich auf die Einführung einer Reihe von neuen Industriezweigen und industriellen Vervollkommnungen im Kreis Unter= franken. Sie hatte die theils bedingte, theils unbedingte Verleihung von Prämien für verbesserte Erzeugnisse des Seilergewerbs, für Anfertigung von Fenstermarquisen und von Schuhleisten nach englischem Muster, dann für Fertigung von Maschinenwerkzeugen zur Folge.

Derselbe Verein war für Hebung der Weberei, Einführung der Stroh= und Weidenflechterei u. s. w. in den bedrängten Rhönbezirken (vgl. oben S. 16), sowie für den Absatz der Erzeugnisse durch Verloo= sung und Errichtung eines Verkaufsmagazins thätig. Neuerdings hat

---

*) Der Münchner polyt. Verein hat in den ersten 27 Jahren seines Bestehens die Summe von 5524 fl. auf „Prämien, Medaillen und Unterstützungen" verwendet. Es ist nicht ersichtlich, ob er auch nach dem Jahre 1843 in dieser Richtung noch thätig war.

er in Verbindung mit dem landwirthschaftlichen Kreisverein eine Prämie für Einführung der künstlichen Fischzucht ausgesetzt.

Uebrigens dient ein Theil der schon früher unter anderen Gesichts= punkten besprochenen Maßregeln und Bestrebungen mittelbar oder unmit= telbar zugleich der Vervollkommnung und Erweiterung der örtlichen Industrie. Vgl. namentlich S. 37, 45, 47, 50.

4. **Vermittlung von Arbeitsbestellungen.** Eine indirecte Vermittlung dieser Art liegt in der Mehrzahl der bisher erörterten Maß= regeln. Directe Vermittlung ist namentlich in **Fürth** und **München** (GV.) vorgekommen, wo es den Bemühungen der Vereine gelang, an= sehnliche Bestellungen von militärischen Ausrüstungsgegenständen (Büch= senmacher=, Gürtler=, Weber=, Schuhmacher=, Sattlerarbeit u. s. w.) zu erwirken. Zur Ausführung derselben vereinigten sich theilweise ganze Innungen, theilweise wurden kleinere Genossenschaften gebildet und in **München** durch unverzinsliche Vorschüsse der Staatsregierung (1851: 10,000 fl.), in **Fürth** durch Vorschüsse der Leihkasse unterstützt. Aehn= liches ist in **Bamberg** geschehen.

5. **Die Ermittlung neuer Absatzgebiete** ist, abgesehen von der Beschickung auswärtiger Gewerbausstellungen (Nr. 1), an den= jenigen Orten, die der Sitz einer bedeutenden Industrie und somit eines auf dem Weltmarkt orientirten, ausgedehnte Verbindungen unterhalten= den Handelsstandes sind, Sache der kaufmännischen Betriebsamkeit. Wo diese günstigeren Bedingungen fehlen, verfallen die durch eine siegreiche Concurrenz von ihrem bisherigen Markte verdrängten oder durch die Unzulänglichkeit des örtlichen Absatzes auf andere Wege hingewiesenen Gewerbe leicht einem Zustand der äußersten Hülflosigkeit. Mag auch in einzelnen Fällen mit Gewißheit anzunehmen sein, daß selbst die umsich= tigsten Bemühungen, neue Absatzgelegenheiten aufzufinden, an unüber= windlichen Schwierigkeiten scheitern würden, so ist es dagegen in anderen Fällen nicht minder gewiß, daß solche Bemühungen zu einem günstigen Ergebnisse führen könnten und müßten. Hie und da haben sich Gewerb= vereine (**Amberg**, **Vilshofen**) mit Kaufleuten eines norddeutschen Seeplatzes in Verbindung gesetzt, um sich über die Möglichkeit und die Bedingungen eines überseeischen Absatzes zu unterrichten. Bei zersplit=

terten Verſuchen dieſer Art fehlt es aber an den weſentlichſten Voraus=
ſetzungen des Gelingens. Wir kommen am Schluß unſerer Darſtellung
mit einigen Worten auf die Einrichtungen zurück, die eine erfolgreiche
Wirkſamkeit auf dieſem Gebiete vermitteln könnten.

Vertretung der Gewerbe in Petitionen und Gutachten.

Als in den Jahren 1848 und 1849 die Organiſation des Ge=
werbsweſens ein Gegenſtand lebhafter Erörterung in ganz Deutſchland
geworden war, verſäumten auch die bayriſchen Vereine nicht, durch Be=
ſchickung des Handwerkercongreſſes in Frankfurt, durch Beitritts= und
Proteſtadreſſen, Petitionen an Nationalverſammlung und Landtag, ihre
Bedürfniſſe und Anſichten zur Geltung zu bringen. War die Gefahr,
daß das Princip unbedingter Gewerbfreiheit in ganz Deutſchland zur
Herrſchaft gelangen könnte, wirklich je vorhanden, ſo haben die bayriſchen
Vereine durch ihre einmüthige Verwerfung dieſes Princips — womit
allerdings das beſtehende Conceſſionsſyſtem noch keineswegs gebilligt
erſchien — zur Abwendung der Gefahr nachdrücklich beigetragen. Nicht
weniger haben ſie durch vielfachen Anſchluß an den „Verein zum Schutze
deutſcher Arbeit" das Gewicht ihrer Meinung in die Wagſchale des
bedrängten Schutzzollſyſtemes gelegt. Näher auf ihre Betheiligung an
der volkswirthſchaftlichen Agitation jener Zeit einzugehen, können wir,
da dieſelbe außer den genannten negativen Ergebniſſen keine Frucht ge=
tragen hat, füglich unterlaſſen.

In dieſen, ſowie in den folgenden Jahren wurde ferner das Pe=
titionsrecht zur Vertretung örtlicher Intereſſen, ſowie in Fragen der
inneren Gewerbsgeſetzgebung und Polizei vielfach geübt. Den meiſten
Vereinen war auch durch Aufforderungen der Staatsregierung, der
Kreisſtellen und ſtädtiſchen Behörden wiederholt Anlaß gegeben, ſich über
derartige Fragen gutachtlich auszuſprechen. Doch ſind dieſe Auffor=
derungen neuerdings immer ſeltener geworden. Nach der Verordnung vom
27. Jan. 1850, welche das Inſtitut der Gewerbräthe und Gewerbe=
kammern regelt, iſt die Abgabe von Gutachten in gewerblichen Ange=
legenheiten dem Wirkungskreis dieſer Organe zugetheilt. Dieſelben

sind jedoch in geringer Zahl in's Leben getreten und sehen gegenwärtig ihrer Umbildung entgegen. Gelingt es den Anordnungen der Staatsregie= rung, sie in eine das ganze Land umfassende, unabhängige und kräftige Ver= tretung des Gewerbstandes zu verwandeln, so werden die Vereine erfreut sein, die Erfüllung jener wichtigen Aufgabe ganz in ihre Hand legen zu können. Wie sich überhaupt das Verhältniß zwischen diesen reorganisirten Gewerbe= räthen und den Vereinen gestalten würde, ist nicht vorauszuberechnen. Wün= schenswerth wäre jedenfalls eine möglichst innige Verbindung zwischen beiden; die Vereine würden durch die Autorität der Gewerbräthe und die letzteren durch die Geldmittel der Vereine an Wirksamkeit gewinnen. Das Naturgemäßeste wäre vielleicht ein völliges Aufgehen der Vereine in den Gewerberäthen. Die ersteren sind entbehrlich und können sogar nach= theilig werden, wo ein gesundes und starkes, mit dem rechten Maße von Autonomie ausgestattetes Innungswesen besteht; aus dem Zusammen= tritte der Innungen geht dann ein Gewerberath hervor, der nicht allein dazu berufen, sondern auch befähigt ist, alle Elemente der Vereins= thätigkeit in sich aufzunehmen. Dieß setzt aber eine eingreifende Reform in der Verfassung unseres Gewerbswesen, wie sie gegenwärtig nicht beabsichtigt zu sein scheint, voraus.

Gemeinnützige Unternehmungen.

Die Thätigkeit mancher Vereine hat sich auf Unternehmungen er= streckt, die zum Theil mit den materiellen Interessen des Gewerbstandes in keinem oder nur in entfernterem Zusammenhang stehen, zum Theil ungeachtet ihres naheliegenden Zusammenhanges mit diesen Interessen, doch zugleich eine Auffassung unter anderen Gesichtspunkten zulassen. So sind mehrere der bestehenden Wanderunterstützungskassen von Gewerbvereinen gegründet und von ihnen verwaltet. (Ansbach, Aschaf= fenburg, Kaufbeuern, Kitzingen (wieder eingegangen), Lands= hut, Regensburg, Rothenburg, Würzburg.) Der Regens= burger Verein hat eine Krankenunterstützungskasse für seine dem Gesellenstand angehörigen außerordentlichen Mitglieder errichtet. Von dem Mindelheimer Verein ist die Stiftung eines kathol. Gesellen= vereines, von dem Nürnberger Verein die Gründung einer noch

beſtehenden Ausſteueranſtalt, dann einer Näh=, Spinn= und
Strickſchule ausgegangen, die von ihm fortwährend geleitet und aus
den Renten eines i. J. 1803 angefallenen Legates unterhalten wird.
Seiner Bemühungen um die Einführung wohlfeilerer Brennmaterialien
iſt ſchon oben erwähnt worden. Die Leichenkaſſe, ſowie das Privat=
getreidemagazin in Ansbach verdanken ihre Entſtehung, erſtere
dem dortigen Induſtrieverein, letzteres dem Gewerbverein. In Nörd=
lingen iſt eine ſtädtiſche Armenbeſchäftigungsanſtalt auf An=
regung und nach dem Entwurf des dortigen Vereines errichtet worden.
In Gemäßheit der oben S. 12 erwähnten Stiftung verwendet er jähr=
lich 180 fl. zur Verleihung von Sparkaſſebüchern an dürftige Stadtkinder.
Der Rothenburger Verein bemüht ſich mit Erfolg um Emporbringung
der Maulbeer= und Seidenzucht und hat die Anlegung einer
Sandwäſche veranlaßt. Zu den Unternehmungen des Würzburger
Vereins gehört die Verleihung von Prämien an weibliche Dienſtboten
für langjährige treue Dienſtleiſtungen.

VII. Schluß.

So gewiſſenhaft auch von Denjenigen verfahren werden mag, die
das Material liefern und verarbeiten, ſo können doch ſtatiſtiſche Dar=
ſtellungen wie die unſrige, die Wahrheit nie mit vollkommener Treue
wiedergeben, denn häufig geſtatten ſie nicht, auf den Grund der Er=
ſcheinungen zu ſehen, deren Oberfläche ſie abſpiegeln. Eine Maßregel,
die ſich unſcheinbar, mit wenigen Worten ankündigt, iſt vielleicht von
tiefer und nachhaltiger Wirkung, während die glänzende Außenſeite einer
anderen nur kümmerliche Reſultate verbirgt. Dieſe Erfolge, die das
Urtheil beſtimmen müßten, verſchwinden oft ſpurlos unter tauſend ſich
durchkreuzenden Urſachen und Wirkungen; ſie ſind vorhanden, aber ſie
entziehen ſich der Beobachtung und Berechnung. In anderen Fällen
ſind ſie noch von zu neuem Datum, als daß ſie ein ſicheres Urtheil be=
gründen könnten. In unſerem Fall war überdieß das Material häufig
ein lückenhaftes.

Den Gesammteindruck wird indeß jeder Unbefangene erhalten, daß in diesen Vereinen ein Funke des ächten Gemeingeistes fortglimmt, auf dessen Bedeutung unser Vorwort hingewiesen hat. — Jn einigen der größeren Städte bestehen die Vereine, schon jetzt voll= ständig consolidirt, seit längerer Zeit; für das Gedeihen der jüngeren, in den Mittelstädten zahlreich verbreiteten, scheint eine Einrichtung, ähnlich der würtembergischen „Centralstelle für Handel und Gewerbe" sehr wünschens= werth. Zumal diese kleineren Vereine kommen häufig in den Fall, um Aufschlüsse verlegen zu sein, die sie in dem Kreis ihrer beschränkten örtlichen Hülfsmittel vergeblich suchen. Es handelt sich um den Bezug eines Rohstoffes zu billigeren Preisen oder von besserer Beschaffenheit, um die Anwendung einer im Auslande gemachten Erfindung, um den Versuch, neue Absatzwege im Ausland zu ermitteln. Wo ist nun nach zuverläßigen Erfahrungen der vortheilhafteste Bezugsort und an welche verläßige Mittelsperson könnte der Verein sich wenden? Wie hat die neue Erfindung sich bewährt, welchen Kostenaufwand erfordert sie, wie ent= spricht sie den Verhältnissen der localen Industrie, welchem Sachver= ständigen wäre ihre Einführung anzuvertrauen? Welche Märkte sind für das absatzbedürftige Gewerbserzeugniß zu empfehlen, mit welchen Preisen ist dort Concurrenz zu halten, wie hoch berechnen sich die Fracht= kosten, wie lange kann auf den Fortbestand der gegenwärtigen Conjunc= turen gezählt werden, welche Beschaffenheit der Waare bedingt ihren Absatz, welche Mittelspersonen sind in Anspruch zu nehmen?

Um rasch und verläßig solche Fragen beantworten, oder der Frage zuvorkommend solche Aufschlüsse geben zu können, bedarf es einer unge= wöhnlichen Vereinigung von Kenntnissen, Einfluß und Geldkräften. Sie würde nur in einer mit den Gewerbsinteressen ausschließlich beschäftigten und durch alle industriellen Hülfsmittel der Staatsregierung unterstützten Behörde zu finden sein. Wir sind keineswegs Willens, auf Einzel= heiten über die Organisation und über den weiteren Wirkungskreis einer solchen Behörde einzugehen, deren Errichtung, schon aus finanziellen Gründen, in diesem Augenblick dem Bereiche der Wahrscheinlichkeit sehr ferne liegt. Aber gewiß ist es, daß, so lange sie fehlt, die Gewerbe in ihrem Aufschwung und die Vereine in ihrer Thätigkeit empfindlich gehemmt bleiben.

Ein Schritt weiter wäre die Bildung einer Ausfuhrgesellschaft, auf Actien gegründet, vom Staat durch Zinsengarantie unterstützt und mit den Handelsconsulaten in Verbindung gebracht. Denkt man sich dieses Unternehmen in hinlänglich großem Maßstab ausgeführt, so wäre seine Direction zugleich im Besitz aller der intellectuellen und materiellen Mittel, um erfolgreich die Stelle der besprochenen Centralbehörde vertreten zu können.

———————————

Beilage I.
Uebersicht der Mitgliederzahl.
(Zu S. 9.)

Verein.	Stand i. J. 1848, 49.	Jetziger Stand.	Verein.	Stand i. J. 1848, 49.	Jetziger Stand.
Amberg	88	117	Aschaffenburg	60	60
Ansbach GV.	351	412	Bayreuth	115	115
Eichstädt	80	118			
Freysing	60	80	Ansbach JV.	114	109
Hof	31	62	Bamberg	320	280
Ingolstadt	48	62	Erlangen	112	76
Kaufbeuern GV.	191	192	Fürth	409	303
Mindelheim	172	276	Kempten	146	87
München GV.	2062	2500	Kitzingen	118	48
„ V. z. A. d. G.	119	675	Landshut	188	102
Nördlingen	105	134	Lindau	236	—
Nürnberg Bauh.	260	460	Memmingen	195	—
Regensburg	200	730	Nürnberg GV.	478	343
Schongau	27	50	Passau	287	223
Würzburg	171	627	Schwabach	65	42
Wunsiedel	54	61	Vilshofen	62	40
				6924	8384

Bemerkungen.

Durch diese Zusammenstellung werden die oben S. 9 mitgetheilten Angaben ergänzt und theilweise berichtigt. Es fehlt in derselben noch die Mitgliederzahl des Münchner polyt. Vereins und der Gewerbvereine in Lauingen, Neuburg, Rothenburg, Schweinfurt, Straubing, Windsheim.

Die erste Angabe bei dem Münchner V. für Ausb. der Gew. datirt vom November 1850, bei der Nürnberger Bauhütte vom October 1851.

Die Vereine in Lindau und Memmingen haben kein zahlendes Mitglied mehr. Vgl. oben S. 9.

Beilage II.

Ueberſicht der Leihkaſſen und ihres Umſatzes.

(Zu S. 20, 23, 30.)

Verein.	Darlehen im erſten Jahr. Betrag. fl.	Anzahl der Schuldner.	letzten Jahr. Betrag. fl.	Anzahl der Schuldner.	Totalſumme der Darlehen. Betrag. fl.	Zahl der Schuldner.	Durchſchnittsbetrag d. jährl. Darlehen fl.	Durchſchnittl. Größe der Darlehen. fl.	Kapitalverluſte. Erlittene. fl.	Drohende. fl.
Augsburg	24,288	197	24,519	158	115,808	779	23,160	149	—	?
München	28,597	141	10,525	45	55,304	277	14,750	199	—	?
Fürth	?	?	7,500	30	30,000	?	7,500		—	?
Regensburg	5,300	58	2,610	33	17,772	195	4,440	91	—	81
Nördlingen	921	16	7,681	76	16,204	172	3,600	94	21	—
Erlangen	2,635	37	5,719	?	14,999	?	3,000	?	—	200
Bayreuth	?	?	?	?	7,083	?	2,580	?	—	—
Kaufbeuern	1,985	24	2,900	38	12,500	?	2,300	?	—	—
Schwabach	5,455	?	1,536	?	9,992	?	2,500	?	?	?
Landshut	848	8	1,840	?	6,233	?	1,560	?	—	—
Freyſing	1,660	16	1,200	9	4,578	42	1,140	109	—	—
Ansbach (Gemeinſchaftl. Hülfsk.)	860	17	1,049	?	3,306	67	1,100	50	50	—
Bamberg	Jährlich c. 500 fl., mithin c. 2,000					?	500	?	c. 500	?
Amberg	41	4	567	18	1,728	64	350	27	16	22
Wunſiedel	70	1	700	16	845	18	280	47	⌐	?
Hof	36	3	575	3	691	9	230	77	—	24
Ansbach (InduſtrieV.)	?	?	?	?	753	?	190	?	„Unerheblich.“	?
Bilshofen	100	1	100	1	700	?	180	?	—	—
Paſſau	50	1	100	3	348	7	90	48	—	75
	72,946 fl.		70,521 fl.		200,844 fl.					

Bemerkungen.

Außer den 19 obengenannten, die nach den Ziffern des jährlichen Durch-ſchnittsbetrages geordnet ſind, beſtehen Leihkaſſen bei den Vereinen zu Ansbach (Vorſchußkaſſe der Gewerbhalle des GV.), Aſchaffenburg, Eichſtädt, Ingolſtadt, Kempten, Lindau, Memmingen, Mindelheim, Nürnberg, Würzburg. Sie wur-den in der Zuſammenſtellung übergangen, theils weil ſie erſt in jüngſter Zeit entſtanden ſind, theils weil eine Angabe über die Totalſumme ihres Umſatzes fehlt.

Die Leihkassen von Nürnberg und Würzburg gehören zu den bedeutendsten. (Vgl. oben S. 30.) Ob die Vereine in Schweinfurt, Straubing und Windsheim Leih=kassen besitzen, kann, da von dorther jede Mittheilung unterblieben ist, nicht ange=geben werden.

Bei der Mehrzahl der in die Tabelle aufgenommenen Vereine ist unter dem „ersten Jahr" der zweiten Columne das Jahr 1849, unter dem „letzten" das Jahr 1852 zu verstehen. Jedoch erstrecken sich die Berechnungen in einigen Fällen nur auf eine 3= oder 3¹/₂jährige, in anderen auf eine 4¹/₂= oder 5jährige Periode. In der Columne „Durchschnittsbetrag der jährlichen Darlehen" ist hierauf überall entsprechende Rücksicht genommen.

Beilage III.

Uebersicht der Bestimmungen über Verzinsung bei den Leihkassen.

(Zu S. 20.)

Unverzinslich.	1 Procent.	2 Procent.	3 Procent.	4 Procent.	5 Procent.
Ohne Unterschied des Betrages in Amberg, Ingolstadt, Kaufbeuern, Lindau, Nürnberg, Bilshofen, Wunsiedel (?) Bei kleineren Beträgen (— 20, 25, 50 fl.) in: Augsburg, Bayreuth, Hof, Nördlingen (nur an Vereinsmitglieder), Regensburg.	Freysing Augsburg bei größeren Beträgen, je nach der Größe des Darlehens, zwischen 1 und 2 Procent.	Ansbach (Gemeinsch.-Hülfskasse), München. Regensburg bei Beträgen von 50—100 fl.	Eichstädt, Fürth, Memmingen ——— Landshut für Vereins-mitglieder. Nördlingen für Vereins-mitglieder bei Beträgen von 25—200 fl. Ansbach (Vorschußkasse der Gewerb-halle) für Be-träge bis zu 100 fl. Bayreuth bei Beträgen von mehr als 20 fl.: 3¹⁄₃ Proc. Hof bei größeren Beträgen: 3—5 Procent.	Erlangen.*) Ansbach (Gewerbhalle), Regensburg bei Beträgen von mehr als 100 fl. Landshut für Nichtmit-glieder. Würzburg bei Beträgen bis zu 100 fl. Nörd-lingen**) für Vereinsmitglie-der bei Beträ-gen von 200 fl. Nördlingen**) für Nichtmitglieder: 4¹⁄₂ Pr.	Aschaffen-burg, Kempten, Passau. Würzburg bei Beträgen von mehr als 100 fl. Fürth, Nörd-lingen vom Verfall-tag an.

*) Die 4 proc. Verzinsung soll zufolge der Statuten „nach Umständen" eintreten.
**) Dürftigen Nichtmitgliedern wird 3 proc. Verzinsung bewilligt, wenn die Innung, wel-cher sie angehören, einen Jahresbeitrag zur Vereinskasse entrichtet. Auch können Er-werbsgenossenschaften größere Darlehen zu 3 Procent erhalten.

Beilage IV.

Uebersicht der bei den Leihkassen gebräuchlichen Sicherheitsleistungen.

(Zu S. 22.)

A. Hypothek. (Hypothekarische Vormerkung.)	B. Faustpfand.	C. Bürgschaft.	D. Ehrenwort.	E. Keinerlei Sicherheit.
Vilshofen	Ansbach (Gewerbhalle.)	Augsburg, Eichstädt, Kaufbeuern, München, Neuburg, Nürnberg.	Regensburg. (Vgl. B, C, E.) Ansbach (Gemeinschaftl. Hülfskasse.) (Vgl. C.)	Passau.
Fürth, Landshut, Würzburg. (Vgl. B, C.) Erlangen, Mindelheim (Vgl. B, C, E.) Bamberg, Hof. (Vgl. C.) Freysing. (Vgl. E.)	Fürth, Landshut, Würzburg. (Vgl. A, C.) Erlangen, Mindelheim (Vgl. A, C, E.) Bayreuth, Lindau, Nördlingen. (Vgl. C.) Regensburg (Vgl. C, D, E.) Aschaffenburg. (Vgl. C, E.)	Bamberg, Hof. (Vgl. A.) Fürth, Landshut, Würzburg. (Vgl. A, B.) Erlangen, Mindelheim (Vgl. A, B, E.) Bayreuth, Lindau, Nördlingen. (Vgl. B.) Regensburg (Vgl. B, D, E.) Aschaffenburg. (Vgl. B, E.) Ansbach (Gemeinschaftl. Hülfskasse.) (Vgl. D.) Amberg, Schwabach, Wunsiedel. (Vgl. E.)		Bei kleineren Darlehen: Aschaffenburg. (Vgl. B, C.) Regensburg. (Vgl. B, C, D.) Bei kleineren und größeren Darlehen, nach Ermessen der beschlußfassenden Commission: Freysing. (Vgl. A.) Erlangen, Mindelheim. (Vgl. A, B, C.) Amberg, Schwabach, Wunsiedel. (Vgl. C.)

Nachtrag zu Seite 35.

Nach dem Bericht des Fürther Vereines für 1852/3 stellen sich die Ver=
hältnisse des dortigen Brettermagazins minder günstig. Durch übermäßiges Credit=
geben waren die Ausstände zu einem so hohen Betrag angewachsen, daß das Magazin
sich nicht mehr hinlänglich assortiren konnte. In Folge dessen nahm die Nachfrage
und der Umsatz ab, während die Verwaltungskosten unvermindert blieben. Einige
Statutenänderungen, namentlich auch der Eintritt eines dem Schreinergewerb nicht
angehörigen, von allen persönlichen Rücksichten unabhängigen Vereinsmitgliedes in
die Verwaltung, sollen derartige Uebelstände für die Zukunft verhüten. Der Umsatz
des Magazins belief sich übrigens während eines etwa 4 jährigen Zeitraumes auf
c. 35,000 fl. — Das Magazin der Spiegelschreiner, bei dessen Einrichtung die
Erfahrungen der älteren Anstalt benützt wurden, gewährt den Theilhabern erhebliche
Vortheile. Dieselben verpflichten sich durch einen Revers, diesen Vortheil nicht zur
Herabsetzung ihrer Preise zu benützen. Absatz im letzten Jahr 1143 fl. — Das
Ledermagazin der Schuhmacher hatte in den ersten 3/4 Jahren seines Bestehens einen
Absatz von 7192 fl. Der Aufwand für Miethe, Besoldungen, Assecuranz, Kapi=
talszinsen, Fracht, Reisekosten ꝛc. betrug 408 fl. Die Rechnung schließt mit einem
Ueberschuß von 40 fl.

Berichtigungen.

S. 9 Zeile 5 v. o. Vgl. die Berichtigungen S. 63.
S. 18 „ 3 v. o. lies : nur jener.
S. 32 „ 12 v. o. „ wieder zurück. (Vgl. S. 13.)
S. 34 „ 6 v. o. „ im Jahrgang 1851.
S. 38 „ 3 v. o. „ von ihm.
S. 42 „ 5 v. o. „ Gewerbhallen dadurch.
„ „ 14 v. o. „ finanziellen Opfer.
S. 64 „ 7 v. u. „ 300,844 fl.

Register.

(Vgl. hiezu die Beilagen S. 63 ff.)